ヒロインに婚約者を取られるみたいなので、悪役令息(ヤンデレキャラ)を狙います 2

宝 小箱

B's-LOG BUNKO
ビーズログ文庫

CONTENTS

シライヤ・ブルック
若き公爵。
虐げられて育ってきたこともあり
ヤンデレな悪役令息になるはずが、
シンシアから沢山の愛を注がれ、
救われる。
シンシア・ルドラン
自らが転生者だと気づいた子爵令嬢。
悪役令嬢となる運命に抗い、
新たな婚約者を探そうとしたところ
シライヤの真実の姿を知り、溺愛する。
ヒロインに婚約者を
取られるみたいなので、
悪役令息
(ヤンデレキャラ)を狙います
2
CHARACTER

エステリーゼ・
グリディモア
非常に勤勉で理知的な
アデルバードの婚約者。
王太子ルートに入っていたら
悪役令嬢になっていた公爵令嬢。

アデルバード・
アラン・エルゼリア
エルゼリア国の王太子。
攻略対象の一人。笑顔は爽やかだが、
その実、目的のためなら
手段を選ばない腹黒王子。

ルドラン子爵夫妻
娘シンシアと息子となるシライヤを
心から愛するシンシアの両親。

ラザフォード・
エルゼリア
アデルバートの異母弟で、
王位継承権第二位の第二王子。
アデルバードの政敵でもある。

イラスト／夏葉じゅん

1話 猫耳王太子アデルバード

王都から、観光地ルドラン子爵領《ししゃくりょう》への舗装《ほそう》された道を走る豪奢《ごうしゃ》な馬車が一台。大きな車輪が揺《ゆ》れを軽減する。柔《やわ》らかなクッションが用意された快適な座席で窓ガラスに張り付き、遠くに見えてきた建物を指し示しながら私、ルドラン子爵の一人娘《ひとりむすめ》シンシア・ルドランは声を上げた。

「シライヤ、見えてきましたよ！　あれが今回の旅行のために造った温泉宿です！」

向かいの席で銀髪《ぎんぱつ》をキラキラと揺らしながら私の指さした方角へ緑の瞳《ひとみ》を向けるのは私の婚約者《こんやくしゃ》、シライヤ・ブルック公爵《こうしゃく》。

「木材だけで造った建物と聞いていたから小屋のようなものを想像していたが、見た目は屋敷《やしき》のように立派なんだな」

驚《おどろ》いた声を上げるシライヤ。彼の言うとおり、この世界では石やレンガで造られた建物が主流で、それらを使わず大半を木材だけで造るとなると一部屋か二部屋しかない小屋のように規模が小さくなるだろう。

「遠い国にある温泉宿を再現したんですよ。この世界の人……いえ、この国の人にとって

は日新しく感じると思いますが、内装もこだわっていますから楽しみにしていてください
ね」

遠い国と言ったが、それは前世で私が住んでいた国のことだ。何せ私は異世界転生者な
のだから。

時は二年ほど前に遡《さかのぼ》り学園時代、私はいきなり前世を思い出してここが学園物の恋愛《れんあい》
アプリゲームの世界であること、そしてそのゲームに登場する悪役令嬢《れいじょう》シンシアに転生
していることに気がついた。当時の私はエディ・ドリスという伯爵家《はくしゃくけ》の次男と婚約関係
にあったが、ゲームどおりに展開が運べばヒロインに婚約者を取られて婚約破棄《はき》をされて
しまう運命にあった。

それでも愛しているなら関係を持続させるために努力をしただろうが、他の女性を侍《はべ》ら
せて楽しそうにする彼を見て愛情が一気に冷めて、早々に婚約を解消した。

そうして私が次に婚約を結んだのは、ブルック公爵家の三男でありゲームではヤンデレ
キャラの悪役令息シライヤ・ブルックだった。

彼と私の間には一言で言い表せないほどの困難があったが、肝心《かんじん》なのは今こうしてお互《たが》
いに愛し合い幸福な時間を過ごしているということ。

馬車の座席に座り直し愛《いと》しいシライヤを見つめると、頬《ほお》を染めて彼も見つめ返してくれ
た。

「ここまでの道中も楽しかったですが、ルドラン子爵領での一時も楽しみですね」

「そうだな、花火大会もあると聞いているし楽しみだよ」

学園を卒業した私達は、こうして旅行を楽しんだりと婚約者としての交流を重ねる毎日を送っている。卒業後すぐに結婚《けっこん》を考えなかった訳ではないが、学園の二年生になってから婚約した私達は婚約期間が短すぎて思い出が少ない。もう少し婚約時代というものを楽しんでからでも遅《おそ》くはないのではと相談したのだ。

「旅行はなん度もしていますが、両親抜《ぬ》きで二人きりで旅行するのはこれが初めてですね」

　夢見心地《ゆめみごこち》でそう言葉にする。エルゼリア王国では学園を卒業すると立派な大人として扱《あつか》われるのだ。結婚を控《ひか》えた想《おも》い合う大人の男女が二人きりで旅行を楽しむとなれば、子どもであった時代と比べものにならないほど濃厚《のうこう》な時間を期待してしまうのも無理はないだろう。道中は慌《あわ》ただしいところもあったが、最終目的地のルドラン子爵領にある温泉宿ではゆっくりと二人の時間を楽しむつもりでいる。

　にんまりと口角を上げて妄想《もうそう》の世界に半分ひたっていると、シライヤの生真面目《きまじめ》な声が返ってきた。

「お義父《とう》さんとお義母《かあ》さんがいないのは寂《さび》しいが、信じて送り出してくれた期待を裏切らないように、間違《まちが》いは犯《おか》さないと誓《ちか》うよ」

「えづ⁉」

そこはいつもよりイチャイチャしてもいいところなのでは⁉　むしろいつもよりイチャイチャしてきなさいと送り出されたのでは⁉　とは思いつつも、誠実な態度で私を宝物のように扱ってくれるシライヤのことも愛しくてたまらないのだ。そんな彼を私も大切にしたい。

今はまだ優《やさ》しいだけの愛情をシライヤと楽しもう。

宿につくと荷物は使用人達に任せて先に中へと入る。

露天風呂《ろてんぶろ》は以前からルドラン子爵領にあったものだが、靴《くつ》を脱《ぬ》いで室内履《ば》きに履《は》き替《か》えることや、この世界では見慣れない障子や畳《たたみ》などの文化はシライヤにとって珍《めずら》しいようで、楽しそうに見て回ってくれた。

二人で縁側《えんがわ》に立ち、松やモミジなどの植物と庭石や踏《ふ》み石《いし》などの石で飾《かざ》られた中庭を眺《なが》める。全てを思い出せた訳ではないが、前世の私はこういう風情《ふぜい》のある温泉宿が好きだったはずだ。

「一とおり見て回りましたが宿の内装はどうでした？」

「この庭も素晴《すば》らしいし、紙を張った扉《とびら》や草の絨毯《じゅうたん》も面白《おもしろ》いよ」

「紙を張った扉は障子、草の絨毯は畳と呼ぶのですよ。畳は再現するのにかなりの苦労を要しましたが、この国にいる技術者達が見事に作りあげてくれました。彼らに感謝するばかりです」

「障子に畳か。まるで物語の異世界にでもきたようでワクワクするよ」

「そうですね……、この世界からしたら異世界ですね……」

シライヤの言うとおりだと一人で可笑《おか》しくなって笑いを零《こぼ》す。

「私達が楽しんだあとは一般《いっぱん》開放をして本格的な温泉宿として営業を始めるつもりなんです。使いづらいところなどあれば遠慮《えんりょ》なく教えてくださいね」

「どうかな……」

シライヤは悩《なや》ましげに呟《つぶや》くと、頬を染めて恥《は》ずかしそうに言葉を続けた。

「シンシアといるとなんでも楽しく感じてしまうだろうから、気づけないかもしれない」

「シライヤ……！」

いじらしく言うシライヤに感激して彼の手を取る。

「本当に可愛《かわい》い人……」

学生の頃《ころ》から変わらず、彼はとても……可愛い。

「シライヤ、愛しています」

「ありがとう。俺も愛してるよ、シンシア」

手を取り合いお互いをジッと見つめ合った。

「ほう……。見せつけてくれるじゃないか」

ありえない声が耳に届き、脳を支配していたとろけるような甘さが一気に吹《ふ》き飛《と》んだ。

シライヤと私は同時にその涼《すず》やかな豪華《ごうか》声優ボイスを持つ人物へ顔を向ける。

「「アデルバード殿下《でんか》⁉︎」」

いつからいたのか、私達のすぐ近くにフードを深く被《かぶ》った王太子、アデルバード殿下が佇《たたず》んでいた。その横には真っ青な顔の温泉宿の従業員と学園にいた頃から見慣れた子飼いの彼がいる。

「お嬢様《じょうさま》……、早馬でこちらの書状が届きまして……」

受け取って確認《かくにん》すると、送り主は両親だった。そして内容は、アデルバード殿下が急な病により、ルドラン子爵領にある温泉宿を療養《りょうよう》地として使うことが決まった。詳《くわ》しいことは本人から直接聞くようにと記されている。

大急ぎでしたためたのだろう。情報は少なく、簡潔な内容で終わっていた。

「……早馬と同時に到着《とうちゃく》されては、意味がないではありませんか」

せめてもの抗議《こうぎ》としてそう言ったが、アデルバード殿下は従業員に下がるよう言ったのち悪びれもせず続ける。

「早馬より早く出立したしな。こちらも余裕《よゆう》がなかったのだ、許せ。それより人払《ひとばら》いのできる部屋に案内してくれないか」

「ではとりあえず、そこの客室へ入りましょう」

子飼いの彼が見張り役として戸口の所に残ると、私達三人は客室の奥まで入る。

「書状には急な病とありますが、こうして見る限りそうは見えませんね」

「あぁ、体調に関しては良好だ。だが、どうにも無視できない事態が起こってしまってな」

言いながらアデルバード殿下はフードを取り去った。

サラサラとした金色の髪《かみ》の間から、柔らかそうな猫耳《ねこみみ》が現れる。髪と同じような色をしている。

「なんです？　それ。仮装ですか？　ふふ、耳が四つになっていて愉快《ゆかい》ですね」

笑いながら言うと、アデルバード殿下は腕《うで》を組んで「いや」と答える。

「そうなら良かったのだがな。生えているんだ。感覚もあるし、このように動かせる」

ピコピコと可愛らしく動く猫耳。

受け入れるのにかなりの時間を要してから、シライヤとともに大きく声を上げた。

「「生えてる⁉」」


「美味《うま》いな、この紅茶。飲んだことがない味だ」

「昆布茶というものです……」

混乱をなんとか飲み込んで私達は座卓を囲んだ。座布団に座るというスタイルが受け入れられるのか心配だったが、シライヤもアデルバード殿下も上手《うま》く座っている。私も横座《よこずわ》りで落ち着いた。

「それでは、なぜこのようなことになったのかご説明ください」

私が尋《たず》ねると、アデルバード殿下は昆布茶の入った湯飲みを座卓に置いて答える。

「説明になるか解《わか》らんが、エステリーゼとともに王城の図書室で過ごしていた時に突然《とつぜん》身体《からだ》が光り、気がつけばこうなっていた」

「では、エステリーゼ様もこの事態をご存じなのですね」

「他にもその場にいた従者達、国王と王妃《おうひ》、そして療養地を提供して貰《もら》うにあたってルドラン子爵にも事情を話した」

お父様もご存じだったのか。手紙には病の療養のためと書かれているが万が一に備え、他者に漏《も》れないようにとの配慮《はいりょ》だったのだろう。

「両陛下も事態を把握《はあく》しておられるのですか……」

アデルバード殿下にとっては、ご両親ということになる。

「それならば、心強いですね」

ごく自然にそんな感想が出たが、アデルバード殿下は目を細めて息を漏らすような笑い

を小さく零した。

「なるほど、シンシア嬢《じょう》は心強いと感じるか。ルドラン子爵家は良い親子関係であるようだ」

「……違《ちが》うのですか？」

「国王より、王太子の再選定を告げられたよ」

「そんな……っ」

私も驚いたが、隣《となり》でシライヤも身を硬《かた》くしたのを感じた。

それもそうだ。現公爵と子爵令嬢《ししゃくれいじょう》がなんの障害もなく婚約を結べているのは、王太子であるアデルバード殿下が後ろ盾《うしだて》についているからだ。彼が王太子でなくなった時、どんな横槍《よこやり》が入るのか恐《おそ》ろしくて想像もできない。

「いや、まだ検討段階だ。今すぐにどうこうという話ではないが、私の問題が解決しなければいずれそうなる。獣《けもの》の耳を持つ者が一国の王として国民に受け入れられるはずがないからな」

窮地《きゅうち》に立っているはずのアデルバード殿下だが笑《え》みを絶やさず優雅《ゆうが》な姿勢を崩《くず》さない。さすがの振《ふ》る舞《ま》いとでもいうべきか。

シライヤが考えるように顎《あご》に手を置いて続ける。

「獣の耳……隣国《りんごく》の神聖国《しんせいこく》などは酷《ひど》く騒《さわ》ぎ立《た》てそうですね」

神聖国。隣国とはいえ帆船《はんせん》で海を渡《わた》り天候に左右される不安定な船旅をしてようやく到着するだろうか。しかし距離《きょり》的にはかなり近い国と言ってもいい。

神を信仰《しんこう》する宗教国家で、教皇と呼ばれる教会のトップが国をおさめている。

エルゼリア王国にも少なくない神聖国の教会があり、神や天使のいる世界と私達人間の世界、そして人ならざる邪悪《じゃあく》な魔《ま》の者が住まう狭間《はざま》の世界について教えていると聞く。

アデルバード殿下の頭に突然生えた猫耳を見て、神聖国がどう捉《とら》えるか。魔の者だと言いがかりをつけられるかもしれないし、なんにせよいいことにはならないだろう。

「かの国は我が弟の生みの親、側妃《そくひ》の故郷でもある。無視はできないだろうな」

エルゼリア国王陛下は正妃《せいひ》の子であるアデルバード殿下の他に、神聖国の姫《ひめ》だった側妃との間に第二王子殿下をお作りになった。

神聖国とはそれほど密接な関係であるため、彼等《かれら》の言い分を真っ向から否定するのは難しい。

「万が一アデルバード殿下が王太子を退くとなれば、必然的に第二王子殿下が王太子になるのですか……？」

第二王子殿下といえば、アデルバード殿下にとって手強《てごわ》い政敵だ。

神聖国の国民まで巻き込んで大きな派閥《はばつ》を築いており、本人も王太子の座を積極的に狙《ねら》っていると聞く。

もし王太子の地位を剝奪《はくだつ》され第二王子殿下に取って代わられたら、猫耳を持つアデルバード殿下はこの先どれだけ肩身《かたみ》の狭《せま》い思いをすることになるだろうか。

思わず憐《あわ》れむ思いで尋ねてしまったがアデルバード殿下は涼しい顔で続けた。

「シライヤにも王位継承《けいしょう》権はあるのだぞ？　いっそのことそちらを狙ってみるか？」

「冗談《じょうだん》はご遠慮ください。俺の継承権なんて末端《まったん》もいいところです。継承争いに参加するつもりはありません」

「そうだな、ブルック公爵家は随分《ずいぶん》と王家の縁から離《はな》れた。そのとおり、冗談さ」

こんな時に冗談を言うなんて。アデルバード殿下は本当に真意が解らない人だ。気疲《きづか》れのため息をついてから、ふと恋愛アプリゲームの内容を思い出した。

そういえば、こんなシーンがあった気がする。確かあれは期間限定イベントの一つだった。

本のようなアイテムを開くと、突然攻略《こうりゃく》対象の頭に猫耳やら犬耳やらが生えるのだ。可愛らしいイベントとして人気はあったはずだが、もしかしてあのイベントが起こっているのだろうか？

しかし、私達はすでに学園を卒業している。いまさらどうしてゲーム中の期間限定イベントなんかが発生するのか。

まさか私がゲームの流れをめちゃくちゃにしたせいで、何が起こるか解らない状態になっているなんてことは……。

「王城の図書室でとおっしゃいましたが、本を開いた時に獣の耳が生えたのではありませんか？」

「シンシア嬢は、今回も何か知っているのか？」

「い、いえ。アデルバード殿下のお姿からさっするに、呪術《じゅじゅつ》的な要因かと思ったものですから。図書室なら呪《のろ》いの本とかがあったのでは……なんて」

「呪いの本か。確かに見かけぬ本を手に取った」

やはりそうか、これは期間限定イベントだ。そうならばゲーム内時間、つまりこの世界の時間で三ヶ月が経過すれば自然と猫耳は消えるはず。

そうでないと困る……。シライヤと私の平穏《へいおん》な結婚生活がかかっているのだから。

「獣の耳が現れてからすぐここへ向かったのですか？」

「いや、一ヶ月近くは城で生活したが、人の目が多い城では隠《かく》しきれそうにないとふんで急ぎルドラン子爵領へ」

シライヤと私が王都からこの宿に来るまで一ヶ月以上の馬車の旅をしている。王都からルドラン子爵領への道は舗装済みだが、道中の宿や観光名所も楽しみながらだったので時間がかかったのだ。

しかしアデルバード殿下はできるだけ早くこの宿へ来たはず。上手く馬車を乗り継《の》いだとして移動にかかったのは三週間程度だろう。

となれば、アデルバード殿下が猫耳キャラでいるのもあと一ヶ月と少しくらいだろうか。そのくらいならここで隠し通せる希望も見えてくる。

「その本は今どこに？」

アデルバード殿下の手が肩《かた》の高さまで上がったと思うと、パチンと指を鳴らした。学園でもよく見かけた動作だ。これは子飼いを呼ぶ時の合図だったはず。

すぐに私達がいる客室に子飼いの彼が入ってきた。そしてその手には一冊の本。

「これだ」

アデルバード殿下が言い、私が驚きのまま「持ち歩いているのですか？」と尋ねると彼は続ける。

「私もこの本を怪《あや》しいと思ったからな。そのままにして証拠《しょうこ》を隠滅《いんめつ》されては都合が悪い。急ぎこれに回収させた」

「証拠を隠滅？　王城の中でそのようなことがあるのですか？」

「王城こそ苛烈《かれつ》な争いの場だ。たとえ肉親であっても気を許せば足を掬《すく》われる。誰《だれ》が敵か解らない今は慎重《しんちょう》になるにこしたことはない」

アデルバード殿下にとって王城は実家でもある。それなのに、気が休まる場所ではないのだろう。強《した》かな態度に惑《まど》わされるが、彼はいつだってストレスの中で生きているのだ。

「……私達は味方でいます」

余計なことを言っただろうかと不安になったが、アデルバード殿下の表情は穏《おだ》やかになったように見えた。

「そうか……。まあ、お前達はそうだろうな。王太子の後ろ盾あってこその身分差婚《こん》だ。お互いのためにも働いて貰うぞ」

返ってきた言葉がいつもどおりに強かであったので心配して損した気分になって眉《まゆ》を寄せると、アデルバード殿下は珍しく眉を下げて笑った。猫耳も悲しげに伏《ふ》せられている。

「いや、今のは無礼だったな。……信頼《しんらい》しているよ、友人達」

まったく素直《すなお》じゃない。しかしそれが、王族にとって必要なことなのだろう。強がりの友人へ笑みを向けて、シライヤとともに「お任せください」と答えた。

「それで？　シンシア嬢はこの本をどうしたいと？」

「在り処《あか》が気になっただけで、どうこうしたいという訳ではありません。ただ、二度と開かない方がいいとは思います。そのまま厳重に保管なさってください」

「もちろんそうしよう。では、現状の確かな敵と味方を確認する。まず、お前達とエステリーゼが味方であるのは間違いない。そして長年エステリーゼを王妃にすることだけを目標に生きてきた、グリディモア公爵も味方だと思って良いだろう。国王と王妃については、こんなことをする意味がない。敵ではないはずだ」

アデルバード殿下がそこまで言った時、疑問から思わず言葉を挟《はさ》む。

「両陛下が敵ではないならば、わざわざルドラン子爵領に身を隠す必要はないのでは？

王族の持つ療養地ではいけませんでしたか？」

「呪いの本という仮定が真実であるとして、王族が触《ふ》れる物に細工を施《ほどこ》せる人物であるならば十中八九犯人は内部の者だろう。身近な者が敵であるならば、王家所有の療養地に身を隠すのは悪手といえる」

「なるほど……、それでルドラン子爵領へ。ルドランの一族は、王家との繋《つな》がりが殆《ほとん》どありませんものね」

「あぁ。敵の手が入っていないこの地で、信頼できる者だけを傍《そば》に置き態勢を立て直したい。頼《たの》むぞ二人とも」

シライヤとともに頷《うなず》きながら、旅行どころではなくなってしまったことを感じて心の中でしょんぼりとするのだった。

2話 第二王子ラザフォード

「せっかくシライヤと旅行に来たのに、一人部屋なんて寂《さび》しい……」

一人で使うには大きな客室で孤独《こどく》にポツリと呟《つぶや》いた。シライヤはアデルバード殿下《でんか》のサポートのため、隣《となり》の部屋で男二人で宿泊《しゅくはく》することになった。

もっとも同じ部屋に宿泊予定だったとシライヤに告げたところ、顔を真っ赤にして「お、同じ部屋で寝起《ねお》きするなんてっ、まだ早い！」と純情全開で大慌《おおあわ》てになったので、どっちにしろ同室での宿泊は叶《かな》わなかったのかもしれないが。

障子窓の外を見ると日が落ちかけて空が赤く色づいていた。夕食はシライヤ達の部屋で一緒《いっしょ》に取ることになっている。

その前に温泉にでも入ってこようか。

広い露天風呂《ろてんぶろ》の女湯の方を一人で使うのはより孤独感に苛《さいな》まれそうではあるが、同室に宿泊するだけで大慌てしていたシライヤが混浴を承諾《しょうだく》してくれるとは思えないので潔《いさぎよ》くあきらめよう。

夫婦《ふうふ》になった暁《あかつき》には同室での宿泊も混浴も存分に楽しませてもらうつもりなので、シライヤはぜひとも覚悟《かくご》しておいてほしい。

考えていると楽しくなってきた気持ちを抱《かか》えて、温泉に向かうために部屋を出た。すると慌《あわ》てた従業員と鉢合《はちあ》わせする。真っ青にしたその顔は、アデルバード殿下がいらした時に見たばかりだ。

「お嬢様《じょうさま》っ！　また、お客様がお見えにっ！　今にも客室まで乗り込んでいきそうな勢いで、私どもでは止めきれませんっ！」

「ええ……」

初めは二人きりの旅行のつもりだったのに、なんだってこんなに人が集まってくるのか。グッタリした気持ちになりつつも、来客の正体を告げられると緊張《きんちょう》から気が張《は》り詰《つ》めた。

「……ひとまず私が対応します。シライヤ達にも伝えて」

従業員へ指示を出し宿のフロントへ歩を進める。覚悟を決める時間すらない中で、私は一人敵のもとへと向かった。


「お待たせいたしました。ここからは私が対応させていただきます」

宿の一階に作った小さなロビーで、ソファに座る人物へ声をかけた。

健康的に色づいた褐色《かっしょく》の肌《はだ》に、アデルバード殿下とよく似た色の腰《こし》まである長い金髪《きんぱつ》と青い瞳《ひとみ》。歳《とし》は十五で、未《いま》だ成長期を残しているだろうに良く発育した身体《からだ》。

エルゼリア王国の者ならば誰《だれ》もが知っているその人は第二王子殿下。アデルバード殿下の弟であり名はラザフォード・エルゼリア。

「あぁ、待ちくたびれた。俺をここまで待たせて、あげく出てきたのは子爵令嬢《ししゃくれいじょう》か。舐《な》めた態度を取ってくれるもんだ」

清々《すがすが》しいほどに敵意を隠《かく》すつもりもない。アデルバード殿下ならば不快感をまずは笑顔《えがお》で表すだろうが、第二王子殿下は威嚇《いかく》から始めるお方のようだ。そばに控《ひか》える近衛《このえ》の方々も私を鋭《するど》く睨《にら》み付《つ》けている。

近衛にも数名褐色の肌の者達がいた。神聖国《しんせいこく》には褐色の肌の人が多いと聞くので、あちらから連れてきた従者なのだろうか。

「誠《まこと》に申し訳ありません。当宿は本営業を迎《むか》えておらず、先触《さきぶ》れのない来客への対応に手が回っておりません」

先触れもなく本営業前の宿へいきなり押しかけてきて失礼だと言葉の裏に隠して伝えると、第二王子殿下は「ふん」と鼻を鳴らして一度言葉を収めた。

十五歳という幼さも手伝って攻撃性《こうげきせい》を強く見せてくるのではと心配もしたが、猪突猛進《ちょとつもうしん》なだけの相手という訳でもなさそうだ。

「ご用件はなんでしょうか？　ブルック公爵は所用があるため私がお伺《うかが》いいたしますわ」

「冗談《じょうだん》だろう？　俺がブルック公爵に用があるとでも？　俺が会いに来たのは兄上だ」

まあ、解《わか》っていたけれど。

「いないなんて言わないよな。外には兄上の近衛が見張りに立っているんだ。ずいぶん人数は少ないようだが、誤魔化《ごまか》せると思うなよ」

そのとおり、アデルバード殿下が連れてきた近衛は普段《ふだん》引き連れている数に比べればずっと少ない。事情を知っている近衛は事件の時に室内にいたほんの二名ほどで、あとの者は表向きに療養《りょうよう》のためと聞かされている者達だ。

真実を公《おおやけ》に晒《さら》してしまうリスクを考えて最低限の人数でここまで来たのだろうが、第二王子殿下が引き連れる近衛と対峙《たいじ》するとやはり心許《こころもと》ない人数に思えて不安がこみ上げる。

「アデルバード殿下は療養中のため、来客との対面は控えております。言伝《ことづて》でしたら……」

「お前が判断することじゃない。俺が兄上へ直接話すから部屋へ案内しろ」

「できかねます」

大人数の相手に応じない意思を示すのは度胸がいるが、ここで折れる訳にもいかない。

はっきりと伝えると、第二王子殿下はいよいよ苛立《いらだ》ったように「貴様……っ」と声を上げながら立ち上がった。

まさか暴力を振《ふ》るうとは思えないが緊張に身が硬《かた》くなる。と、そのタイミングで私を護《まも》るように大きな背中が現れた。

学生の頃《ころ》から変わらない。いつも可愛《かわい》らしく頬《ほお》を染めるのに、私を護る時には強く逞《たくま》しい姿を見せてくれるシライヤだ。

「アデルバード殿下はお会いになりたくないとおっしゃいました。少なくとも、大勢引き連れた近衛達を帰さない限りはと」

シライヤの言葉に第二王子殿下は不機嫌《ふきげん》な様子のまま続ける。

「近衛を帰せだと？　貴様が俺の近衛の配置に口を出すつもりか？　自惚《うぬぼ》れるな」

「私の意見ではありません。アデルバード殿下の意思をお伝えしたまでです。療養中の相手に会いに来るには物々しい人数だと思いませんか。まるで戦争でも始めるようだ」

ピリピリとした視線だけの戦いがシライヤと第二王子殿下の間で火花を散らす。しばらくそうして睨み合いをしていた二人だが、やがて第二王子殿下が口を開いた。

「……いいだろう。こちらも最低限の人数まで絞《しぼ》る。だがもうじき日が落ちる。今夜は野営をし、早朝出立させる」

予想はしていたが、ここに泊《と》まるつもりのようだ。日が落ちかけているこの時間に、王族の来客を追い返せるはずもない。それに野営と言うが、第二王子殿下を外に放り出しておくことは貴族として許されない。

不本意ではあるが、彼の部屋を用意しなければ。せめてアデルバード殿下の部屋からできるだけ離《はな》した部屋に泊めるようにしよう。

そのあとは第二王子殿下の言葉のとおり近衛の者達は宿の前にテントを張り野営を始め、私達は第二王子殿下のために部屋を用意することとなった。

シライヤと二人旅行を楽しみながら宿の使い勝手を確かめようと思っていたのに、本営業前から王族が二人も宿泊することになるとは。

一般《いっぱん》向けに開放する時は宣伝文句に、エルゼリアの王子が二人も泊まった王家御用達《ごようたし》と言っては駄目《だめ》だろうか……。

✦

「そうか、ご苦労。ラザフォードが帰るまでは部屋に籠《こ》もりきりか。露天風呂を楽しみにしていたが仕方ない」

子細をシライヤとともにアデルバード殿下へ報告すると、昆布茶《こぶちゃ》を飲みながらそう返された。

「第二王子殿下とお会いになるのですか？　このままお帰りになるよう伝えるなら、俺が

行きますが」

「一度くらいは顔を見せてやらねば、あいつも収まりがつかないのだろう。何せ獣《けもの》の耳がついてから一度も弟の対面要求に応えてやっていないからな。そうこうしているうちに私が療養のため王城を離れると決まり、合点《がてん》がいかず追いかけてきた……というところか。私の健康そうな顔でも見れば拍子《ひょうし》抜《ぬ》けして自ら帰ると言うかもな」

「では、フードを被《かぶ》ったままお会いに？　不自然では」

「寒気くらいはあるという設定にしておこう。室内でもマントが手放せないのだと。だからこそ身体を温めるために温泉に来たとでも言っておけばいい」

よくスラスラと人を欺《あざむ》く案が出てくるものだ。そうでなければ王太子として生《い》き抜《ぬ》けないのかもしれないが。

「なんにせよ、ラザフォードの近衛が引き揚《あ》げたあとの話だ。そろそろ食事の時間だろう。ルドラン子爵領《ししゃくりょう》では生の魚が美味《うま》いと聞いている。存分に味わわせて貰《もら》うぞ」

なぜだろう……。一番大変な立場にあるはずの人が、一番宿を楽しんでいる気がする。

悔《くや》しくなって、そのあとに来た料理をよく噛《か》んで美味《おい》しくいただいた。

食事のあと一人で露天風呂を楽しんだ私は、火照《ほて》った身体を冷やすためにゆっくりと廊《ろう》下《か》を歩いていた。ルドラン子爵領の炭酸ガスが含まれた温泉は相変わらず気持ちがいい。

この気持ちいい温泉をシライヤとアデルバード殿下にも楽しんで貰いたかったが、二人は部屋に籠もっているためバスタブに湯を張っていつもと変わらない入浴ですませたようだ。

着方の説明書きとともに部屋に用意した浴衣《ゆかた》は着てくれただろうか。

前世を思い出してから温泉宿といえば浴衣だろうと考える気持ちを捨てきれず、この世界のお針子に製作を頼《たの》んだ。畳《たたみ》に比べればずっと簡単に再現できた。

私も今着用しているが貴族として暮らした経験がある今世となっては浴衣一枚だけ着て人目がある所を歩くのに抵抗《ていこう》があり、下にブラウスを着込んでしまっている。

そのせいなのか身体の熱はなかなか冷めず、中庭が見える縁側《えんがわ》にでも寄ってから部屋へ帰ろうと遠回りをした。

だが判断は間違《まちが》いだったようだ。中庭を眺《なが》める浴衣姿の男性が一人縁側に立っている。月明かりに褐色の肌が照らされて、確認《かくにん》するまでもなく誰がいるのか解ってしまう。

第二王子殿下の方も私に気づいたようにこちらへ視線を向けた以上、無視をして引き返すこともできない。

「温泉を楽しんでいただけましたでしょうか？　ご入り用の物がございましたらいつでも

お申し付けください」

声をかけながら不敬にならない程度に近づく。意外にも第二王子殿下は浴衣を正しく着こなしていて驚《おどろ》いた。下に薄物《うすもの》を着ているようにも見えない。

「……まあ、温泉は悪くない。ルドラン子爵領が観光名所としてエルゼリアの声価を高める一端《いったん》を担《にな》っていることは認めている」

「勿体《もったい》ないお言葉です」

ロビーでの初対面と比べれば、かなり攻撃性が削《けず》られている。温泉のリラックス効果だろうか。

「……兄上の容態は悪いのか？」

「アデルバード殿下の容態を口外することは許されておりません」

「ふん」

不満そうに鼻を鳴らした第二王子殿下は、再び庭へと視線を戻《もど》した。さて、私はこのまま去っても良いものだろうか。通常であれば関わり合いにならないほどの身分差だ。どうにも動きづらい。公爵夫人《こうしゃくふじん》となってしまえば王族相手にもう少し自由に振る舞えるのだが、今は子爵令嬢である以上この場を離れるにも第二王子殿下の許可が必要になりそうだ。

「もし浴衣の下に着る薄物をご所望《しょもう》でしたら、少しは用意がございますが」

「この着方が間違っているのか？」

「いえ、むしろ私よりも正しく着こなしていらっしゃいます。私が知る遠い国の文化を再現したのですが、露出度《ろしゅつど》が高いためエルゼリアの貴族に受け入れられるかの確証がありませんでした」

「神聖国には布を身体に巻き付けただけのような民族衣装《いしょう》がある。神の国の服装を真似《まね》たと言われ、神聖なものとして受け入れられている。それに比べれば、この衣装の露出は少ない方だ」

確かに神聖国の人々の方が露出の多い服を着ているように思う。浴衣はエルゼリア国民よりも、神聖国民の方が受け入れやすいのかもしれない。

「……だが、病人にこの薄着《うすぎ》は肌寒《はだざむ》いだろう。兄上のことだから、ぬかりなく準備をしてきただろうが。もし凍《こご》えているようなら俺の持ち込んだ着替《きが》えを数着渡《わた》しても構わない……が……」

あれ？　もしかして……。

「……アデルバード殿下を慕《した》っておられるのですね」

第二王子殿下の言葉から受けた印象をそのまま口に出すと、彼は息を呑《の》んで目を見開き私を見つめた。

「ち、違《ちが》う！　そんなんじゃ……っ！　ただ……っ！　俺の兄として、間抜《まぬ》けな事態は避《さ》けてほしいというだけで！」

慌て方を見る限り図星のようだ。王位を狙《ねら》う者同士、いがみ合うだけの仲かと思っていたから驚いた。

「着替えをお渡しするのであれば、私が取り次ぎますが……」

「……っ。気にしていないようなふりをするな。お前だって、政敵に情けを見せるような俺をばかにしているんだろ」

第二王子殿下のお気持ちを尊重するつもりで言ったことだったが、彼はそんな風に言葉を返した。

誰かにばかにされた経験があるということだろうか。兄をただ慕う弟でいた時に、心ない言葉をかけられて傷ついた経験があるからこその反応に見えた。

「まさか。ばかにするなんてありえません。慕う相手を想《おも》って言葉を重ねられる人間は、愛情深く素晴《すば》らしい人です」

「……っ。愛情なんて、弱者の思想だ。甘ったれた……考えだ」

「そうやって、誰かに言われたのですか？」

尋《たず》ねても答えは返ってこなかった。ただ彼は傷ついたように眉《まゆ》を寄せて私から視線を逸《そ》らすと中庭を睨み付けている。その姿は、すねている子どものよう。

大人のように発育した身体と粗暴《そぼう》な態度に惑《まど》わされるが、彼はまだ学園にも通っていない幼さの残る子どもなのだ。思春期という本人にはどうしようもない感情に悩《なや》まされるような、そんな時代の。

「もし愛情を否定されて心が痛んだのなら、貴方《あなた》は愛情深い人なのでしょう。そして心を傷つけられてもなお兄の容態を心配できるのなら、貴方は強い人ですね」

「俺は……っ、強くなんか……っ」

　本音がこぼれ落ちたかのような言葉が返ってくる。彼の拳《こぶし》は固く握《にぎ》られており、全身に力を込《こ》めて緊張しているのが解った。

　怖《こわ》いのだろうか。本音を話せばまた傷つけられるような気がしただろうか。

　脅《おび》えている子どもを放っておけない気持ちになって、つい幼子へやるように顔を覗《のぞ》き込んだ。

　そんなことをされると思っていなかったのか、第二王子殿下はひるんだように狼狽《うろた》えた顔を見せた。

「貴方を弱者扱《あつか》いする者の言葉なんて聞かなくていいのですよ。そんな者がいるなら私に教えてください」

「教えたら……、どうするというんだ」

「もちろん、大人の私が叱《しか》りつけてやりましょう」

　笑ってそう返すと、第二王子殿下は毒気を抜かれたように幼い表情を晒した。

　しばらくそうして言葉をなくしていた彼は、やがて恥《は》ずかしそうに頬を染めると下を向いて「子ども扱いするな……」と呟いてから静かに客室の方へ去って行った。
彼は案外、素直《すなお》ないい子なのかもしれない。

3話 先行き不安

「黙《だま》れ！　俺が決めたことだ！」

早朝の静かな時間帯に、男性の怒鳴《どな》り声が響《ひび》いて布団《ふとん》から飛び起きた。

いったい何事だろうかと羽織《はおり》を着ながら廊下《ろうか》へ飛び出す。近衛《このえ》達がいる宿で暴力沙汰《ざた》など起きないとは思うが、とにかく何があったのか確認《かくにん》しなくては。

そう思いロビーへ繋《つな》がる階段へと向かうと、途中《とちゅう》の廊下でシライヤとアデルバード殿《でん》下《か》が窓から外を眺《なが》めていた。

二人とも浴衣《ゆかた》を着てくれている。私と同じように浴衣の下にシャツを着込んでいるようだが。

シライヤの浴衣姿……とても可愛《かわい》い。朝だからか髪《かみ》も下ろしたままで学生の頃《ころ》みたいに少しだけ幼く見えた。

近づく私に気づいたシライヤが「シンシア」と名を呼び、次にアデルバード殿下がフードの下から「来たか、見物だぞ」と続けた。

「いったい何があったのです？」

「第二王子殿下が、ここに残す近衛を三人までに絞《しぼ》るとおっしゃったんだ。少なすぎると近衛達から反発があり、口論になっている」

シライヤの説明があり状況《じょうきょう》は把握《はあく》した。外を見ると、確かに第二王子殿下とその近衛達が向き合って話し合っているように見える。

「三人ですか……。それはかなり少ないですね」

思わず言うとアデルバード殿下は顎《あご》に触《ふ》れながら考えるように続けた。

「私としてはその方が動きやすくありがたいがな。しかしラザフォードのやつ、どこへ行くにも近衛の言いつけを守って行動していたはずだが、どういう心境の変化だろうか。そうか、これが反抗《はんこう》期というやつか。興味深い」

実の弟を観察対象か何かのように言っているアデルバード殿下は放っておいて、シライヤの隣《となり》に並びながら事の成り行きを見守る。

「兄上の見舞《みま》いに来ただけだ！　剣《けん》を携《たずさ》えた者達を大勢後ろに引き連れる必要はない！大人しく命令を聞け！」

「ですが、殿下！　これすらも敵の策略であるかもしれません！　病を装《よそお》って、何か企《くわだ》てている可能性も……！」

一人の近衛がそこまで言った時、第二王子殿下はその近衛の胸《むな》ぐらを掴《つか》み上げた。

「俺の兄上だ！　二度と敵などと不敬な発言をするなっ！」

「も……申し訳、ありません……」

近衛から乱暴に手を離《はな》した第二王子殿下は一人で宿の方に戻《もど》ってくる。

「これは大層なご高説だったな。では、愛する弟が戻ってくる前に私も部屋へ戻るとしよう」

相変わらず真意の見えない口調で言ったアデルバード殿下は、シライヤと泊《と》まる客室の方へ去って行く。

「俺も行かないと。だが……」

歯切れ悪く言うシライヤを見上げ「だが？」と問い返すと、シライヤは指先を私の指先へ絡《から》めて困ったように笑った。

「離れがたい……。元々は、シンシアとずっと一緒《いっしょ》にいるつもりで来た旅行だったから、寂《さび》しい」

「私もです……。こうして顔を合わせてしまうと、離れるタイミングを失ってしまいますね」

私も同じように寂しく思いながら笑顔《えがお》を向ける。シライヤの指先に応えるように私も指を絡ませて、それだけでは物足りなくて結局シライヤの大きな胸に身体《からだ》を寄せた。

ギュッと抱《だ》きしめられて、浴衣越《ご》しにシライヤの体温が伝わってくる。貴族の着る分厚い衣装《いしょう》と比べれば、浴衣の薄《うす》い生地《きじ》は私達の距離《きょり》を限りなく近くしてくれたようで嬉《うれ》しかった。

「浴衣が似合っていますね、シライヤ」

「シンシアこそ、とても似合っているよ」

相手を褒《ほ》め合う言葉を交《か》わして、それでもまだ離れられずお互《たが》いを抱きしめ合っていると――。

「朝からベタベタと破廉恥《はれんち》な……」

あきれたような声が私達に届き、身体を離して確認すれば声の主は戻ってきた第二王子殿下だった。

「おはようございます、第二王子殿下」

シライヤが挨拶《あいさつ》と軽い礼の形を取るのに合わせて、私も軽く頭を下げる。浴衣ではカーテシーができないので、これでいいだろう。

「……顔を上げろ。先ほど、近衛に帰るよう命じた。兄上に伝えておけ」

「承りました」

シライヤが答えると、第二王子殿下は私達の横をとおり過ぎる。が、途中で立ち止まって振《ふ》り返《かえ》り言葉を続けた。

「婚約《こんやく》とは、そんなに良いものなのか？　人が変わってしまうくらいに」

「……え？」

尋《たず》ねられたことの意味が解《わか》らず声を漏《も》らすと、第二王子殿下は視線を逸《そ》らして「いや……、いい」と言い直し、再び歩みを進めた。

何を聞きたかったのだろうか。愛するシライヤとの婚約はとても良いものだと断言できるが、人が変わってしまうとはなんのことだろう。

「あぁ、それなら思い当たることがあるな……」

着替《きが》えをすませて三人での朝食を終えたあと、お茶をいただきながら落ち着いたところで、報告もかねて第二王子殿下に言われたことをアデルバード殿下に伝えた。すると何かを思い出したようにそう返される。

「なんです？」

「エステリーゼと婚約したあと、ラザフォードと遊んでやらなくなった」

「……え、それだけですか？」

「そうだ」

第二王子殿下の口ぶりでは、そんなことくらいの話ではなかったように思うが。

納得《なっとく》しきれず首を傾《かし》げていると、アデルバード殿下は思い出話をするように語りだす。

「ラザフォードの母である側妃《そくひ》は、神聖国《しんせいこく》から厄介払《やっかいばら》いされるようにエルゼリアへ嫁《とつ》いできた。なんでも勝手に婚約を破棄《はき》しただとか、罪のない貴族女性を冤罪《えんざい》に陥《おとしい》れたとか、トラブルの絶えない姫《ひめ》であったのだと。他国のことゆえ噂《うわさ》の真偽《しんぎ》は確かめようもないが、悪い噂が真実味を帯びるほどに、側妃は横暴で強欲《ごうよく》でプライドの高い人間であった。瞬《また》く間《ま》に城内で嫌《きら》われ者の側妃となったのだ。その側妃が生んだ子が、城でどのような扱《あつか》いを受けるか想像に難《かた》くないだろう。第二王子という立場のためシライヤほどに虐《しいた》げられたとは言わぬが、幼子が傷つくには余りある冷遇《れいぐう》であったように思う」

「第二王子殿下は辛《つら》いお立場であったのですね……」

昨夜傷ついた顔を見せる第二王子殿下をなんとなく放っておけなかったのは、シライヤの面影《おもかげ》を見たからだったのだろうか。私はきっと、そういう相手に弱いのだ。

「ラザフォードが一人で寂しそうにしているのを見かける度《たび》に声をかけてやった。その頃の私は勉学よりも遊ぶ方が好きでもあったし、丁度良い遊び相手だと思っていた。しかしエステリーゼと婚約したのちは王太子を目指し遊びよりも勉学やマナーの習得に力を入れた。突然《とつぜん》私に遊んで貰《もら》えなくなったラザフォードは、酷《ひど》く傷ついた顔をして泣いていたな」

「か……、可哀想《かわいそう》……」

アデルバード殿下は淡々《たんたん》と話すが、少しも同情心が芽生えないのだろうか。いや、この人はこういう人だった。

と、その時、隣に座っていたシライヤが突然私の手を取った。

なんだろうと彼を見上げると、緑の瞳《ひとみ》は驚《おどろ》いたような、困惑《こんわく》したような、なんともいえない感情を乗せて私を見つめていた。

「シライヤ？　どうかしましたか？」

「……いや、……なんでもない」

なんでもなくなさそうだが、そう答えたあとシライヤは私の手を取ったままアデルバード殿下へ向き直って言葉を続けた。

「第二王子殿下はまだ誰《だれ》とも婚約されておりませんね。王族としては遅《おそ》いくらいでしょう。早く婚約させてしまえばいい。彼の寂しさも埋《う》まるはずだ」

「ラザフォードの婚約はなん度も駄目《だめ》になっているのだ。せっかく整えても、側妃があれこれと口を出して台なしにする」

「そんなもの……っ、陛下のお力があればねじ伏《ふ》せるなど容易《たやす》いはずだ」

「政略婚でもない限り、基本的には本人の自由意志が尊重される。肝心《かんじん》のラザフォードのやつが、側妃の口出しを拒絶《きょぜつ》し婚約に踏《ふ》み切《き》ると自ら決断しなければ婚約の話は進まない。どうしたシライヤ。熱くなっているようだが」

「……いえ、……別に」

別にと表現する状態ではない。私にもシライヤが珍《めずら》しく熱くなっているように見えた。第二王子殿下が冷遇されていたことを聞いて、人ごとではない思いでいるのだろうか。

私も第二王子殿下へ憐憫《れんびん》の情があるし、シライヤが気にしているなら少しでもなんとかしたいものだ。できることは少ないだろうが、もし私が改善できるとしたら……。

「アデルバード殿下、これから第二王子殿下とお会いになるのですよね」

「そのつもりだが」

「昨夜第二王子殿下とお話しさせていただく機会がございましたが、アデルバード殿下の容態を心から心配しておられるようでした」

「昨夜⁉」

シライヤが途中で言葉を挟《はさ》んだので「はい、中庭を眺めていらしたので声をかけました」と答えてからアデルバード殿下へ向けて続ける。

「継承《けいしょう》者争いで思うところはおありでしょうが、ここは兄弟として純粋《じゅんすい》に兄を心配してくれた弟へ労《ねぎら》いの言葉をおかけになってください。普段《ふだん》なさるような嘲笑《ちょうしょう》と遠回しな嫌《いや》みはお控《ひか》えくださいね」

「シンシア嬢《じょう》は私をなんだと思っているのかな。……からかうのもなしか？」

「いけません」

やはり想像どおりの人じゃないかと心の中でつっこんでから気を取り直して言葉を続け

る。

「政敵を味方につけるのは、アデルバード殿下にとっても悪い話ではないはずです。相手が歩み寄ろうとしてくれているのですから、誠実に真心でお迎《むか》えください」

「……まぁいいだろう。君の助言には助けられた覚えがある。一理あるとして試《ため》してみようか。良き兄を演じるのも楽しそうだ」

本音を言えば演じるとかではなく真面《まとも》に兄弟として愛を向けて欲しいが、この人にそれを求めるのは望みすぎだろう。少なくとも、このあとの面会で第二王子殿下の心が少しでも穏《おだ》やかになれば私の目標は達成だ。上手《うま》くいけば兄弟仲の改善に繋がるかもしれないのだから。

第二王子殿下の孤独《こどく》が少しでも癒《い》やされますようにと願いながら、なぜか繋がれたまま放される様子のないシライヤの手を握《にぎ》り返した。


「遠いところをよく訪ねてくれたな。見舞い感謝するぞ、ラザフォード」

「兄上……」

和《なご》やかな空気から始まった、兄弟の久しぶりの対面だ。

アデルバード殿下の看病をしているという名目で、二人きりの対面に私とシライヤも同席させてもらっていた。あくまでサポート役なので、彼等《かれら》の会話に口を挟むことはなく壁《かべ》に近い所で座布団《ざぶとん》の上に座っている。

布団から起き上がったような形で第二王子殿下に声をかけるアデルバード殿下は、フード付きのマントをしっかり着込んでいる。

「どうしてマントなんか……」

当然気になるだろうことを質問され、アデルバード殿下は用意してあった答えをよどみなく語った。

「体調を崩《くず》してからというもの、身体が冷えてしかたなくてな。室内でもこうして厚着をしなければならないほどだよ。少し風邪《かぜ》をこじらせただけだとは思うが」

「そうですか……」

訝《いぶか》しそうにしながらもひとまず承知したというようにそれ以上の追及《ついきゅう》はない。このまま和やかに対面が終わってくれたら何よりだ。

「足りない物があるなら俺の手持ちからお分けします。防寒具は不足していませんか?」

「不足はない。ありがとう、頼《たよ》りになる弟がいて兄として誇《ほこ》らしく思うよ」

「……王都では食べ慣れない食事が出ましたが、兄上のお口に合いましたか?」

「むしろ胃に優《やさ》しい物ばかりで食べやすい。食事の心配までしてくれるのか。心優しい弟を持てて私は幸せ者だな」

「……兄上。頭でも打ったのですか」

「外傷はないが。そういえばお前は幼い頃よく転んでいたな。コロコロとして可愛らしかったと記憶《きおく》している」

「……」

いい調子だ。アデルバード殿下もやろうと思えばできるではないか。

腹黒王子という異名をつけようか迷っていたが、今日のことでそれは少し延期しよう。

うんうんと頷《うなず》きながら和やかな家族の会話に満足していると、アデルバード殿下の横で座布団に座っていた第二王子殿下がいきなり立ち上がった。

「……フードを取れ」

え？　どうしたのだろう。兄を心配する純真な弟であった第二王子殿下は、突然怒《いか》りを露《あら》わに険しい顔で低い声を出した。

「……身体が冷えると言っただろう。なぜそんなことを言う」

「フードを取り顔を見せろ！　兄上がこんな愛情深いことを言うはずがない！　貴様は誰だ！」

なんということだ。アデルバード殿下の日頃《ひごろ》の行いが悪すぎて、第二王子殿下に不信感を抱《いだ》かせてしまった。

このままではフードを脱《ぬ》がされてしまう……っ。慌《あわ》てて立ち上がりながら第二王子殿下へ声をかける。

「い、いいえ、本当にそのお方はアデルバード殿下で……」

「騙《だま》せると思うな！　出来の悪い替《か》え玉《だま》など用意して、俺をばかにしているのか！」

シライヤもアデルバード殿下を護《まも》るために動いてはくれたが、壁際《かべぎわ》にいた私達よりも真横にいた第二王子殿下の手の方が速く、マントは無残にも取《と》り払《はら》われてしまった。

姿を晒《さら》す金色の猫耳《ねこみみ》。勢いづいていた第二王子殿下は一瞬《いっしゅん》言葉をなくして動きを止めた。パサリと落ちるマントの音がしてからようやく彼は口を開き「猫……？」と零《こぼ》す。

これが猫耳って解るんだ……等と感心している場合ではない。絶体絶命というやつだ。バレてしまった。いや、今からでも仮装なのだと言ってごまかせないだろうか。

弟を楽しませようとした兄のちょっとしたサプライズなのだと。……駄目だ、余計怪《あや》しい。

「こ、これは、その……」

言い訳も思いつかないまま言葉を発していると、第二王子殿下は顔色を真っ青にして弾《はじ》かれたように部屋を出て行った。

ま、まずい。さっそくこの姿のことを言い触らされるのだろうか。

「今回のシンシア嬢の助言は役立たずであったか」

アデルバード殿下がそう呟《つぶや》くが、そもそも貴方《あなた》が弟に日頃から冷たく当たるから悪いのでは？　と思わなくもない。

「第二王子殿下は、このことを公表するおつもりでしょうか……」

シライヤが尋ねると、アデルバード殿下はフードを被《かぶ》り直しながら答えた。

「普通《ふつう》、人の頭に獣《けもの》の耳が生えている等と触れ回ったところで誰も信じまい。私が公《おおやけ》の場でこの頭を見せない限りはな。だがどちらにせよ時間が経過するほど立場が悪くなるのは間違《まちが》いないだろう」

「ここで立て直すといえど、まだ光明は見えませんね」

「呪《のろ》いについて調べさせてはいるが、これといった手応えもない。さて……私はどうなるのだろうな」

あと一ヶ月ほどで元に戻ります。

とは言えないので、私も二人の重い空気に合わせて俯《うつむ》いておいた。

もちろん、学園卒業後に起こったこの期間限定イベントが正常な状態で終わるのかどうかは解らないのだが。

どうか何事もなく早く終わりますように。

今は祈《いの》ることしかできない。

4話 月夜は大胆に

部屋を飛び出して行った第二王子殿下《でんか》だが、すぐに宿泊《しゅくはく》している客室へ閉《と》じ籠《こ》もったらしい。食事も部屋に入れさせないらしく近衛《このえ》達が困り果てたようにうろうろしていたが、部屋の中から第二王子殿下が「しばらく一人にしてくれ」と言ったために、一日様子を見ようと宿周辺の警備に戻《もど》っていった。

第二王子殿下はこのあとどう出るつもりなのか。アデルバード殿下の言うとおり、口頭だけで獣《けもの》の耳のことを触《ふ》れ回《まわ》っても信憑《しんぴょう》性に欠けるだろう。下手をしたら彼自身がおかしくなったと思われかねない。

証拠《しょうこ》集めをするつもりか、アデルバード殿下を公《おおやけ》の場に引きずり出す算段を始めたのか。

嫌《いや》な考えもよぎるが、それでもどこか彼を信じてあげたい気持ちがあった。

愛情深い人を弱者と呼ぶ者に惑《まど》わされず、ただ家族を心配してくれることを願っている。

そんな一日も終わる直前、落ち着かない気持ちで布団《ふとん》の中に入ると戸をノックする音が聞こえた。宿の中にいるのは限られた者達だけであるため、特に警戒《けいかい》もなく「どなたですか？」と声をかける。

「俺だ……。ラザフォードだ。少し、話せないか」

「第二王子殿下⁉」

慌《あわ》てて布団から這《は》い出《だ》して羽織《はおり》を手に取ると、第二王子殿下はさらに続けた。

「もし話せるなら昨夜と同じ場所で……」

私の答えを待つことなく足音が去って行く。行くか行かないか選ばせてくれるのか。立場を使ってただ命じることもできただろうに。

少しは迷ったが、宿の外では今も近衛が厳重な警備をしている。何かがあっても大声を上げれば駆《か》けつけるだろう。ここで事件を起こすのは相当なリスクを伴《ともな》うはずだ。身が安全であるならむしろ話をして第二王子殿下の出方を探《さぐ》った方がいい気がした。

「第二王子殿下」

「……来たか」

中庭の見える縁側《えんがわ》に昨夜のように浴衣《ゆかた》を着ている第二王子殿下がいた。今日は踏《ふ》み石《いし》に足を下ろして腰掛《こしか》けている。隣《となり》に並んで座るのは不敬でもありシライヤにも悪いので、会話に支障ないほどの距離《きょり》を取って第二王子殿下の斜《なな》め後ろの廊下《ろうか》に膝《ひざ》をつく。

「お話を伺《うかが》いに参りました」

答えると「あぁ……」と返ってくる。迷っているようにわずかな沈黙《ちんもく》を落としたあと、第二王子殿下は言葉を続けた。

「兄上はいつからあの姿に」

「アデルバード殿下の容態を口外することは許されておりません」

「そうだったな……。いい、聞かなくても推測はできる」

たとえば誰《だれ》かを物陰《ものかげ》に忍《しの》ばせて、私が不用意な発言をするのを待っているのかとも考えて慎重《しんちょう》に答える。第二王子殿下は再び沈黙し、ゆっくりと背を曲げて俯《うつむ》いた。

「俺じゃ……、駄目《だめ》だったのか？　俺が一番近くにいたのに。学園時代に出会ったばかりの友人には相談して、ずっと一緒《いっしょ》にいる俺には一言も……っ」

昨夜とは比べものにならないほど素直《すなお》に弱音を吐《は》き出す第二王子殿下。もし彼がシライヤだったら、私は迷わず抱《だ》きしめただろう。

しかし一歩も近づくことはせず、ただ口を開く。

「アデルバード殿下に頼《たよ》って貰《もら》えず、寂《さび》しさを感じて客室に閉じこもったのですか？」

「……違《ちが》う。面会の場から逃《に》げだした時感じたのは恐怖《きょうふ》だった」

「アデルバード殿下自身は何もお変わりありません。恐《おそ》れずとも……」

「それも違う。俺が恐れたのは、未来で王になった自分の姿を想像したからだ。兄上があのようになって、もしや俺が本当に王となってしまうのではないかと思い、恐ろしかった」

「……それは第二王子殿下がお望みの未来ではないのですか？　なぜ恐れる必要があるのです」

「望んでなんかいない……っ！」

第二王子殿下が大きく叫《さけ》ぶ。外の近衛達に聞こえてしまっただろうか。駆けつけたとしても構わないが彼との話は終わってしまうのだろう。まだ何も探れていないので勿体《もったい》ないとも思うし、目の前の大きな身体《からだ》の子どもは大人からの慰《なぐさ》めを必要としているようにも見えて、放っておけない。

第二王子殿下はますます背を丸めて顔を両手で覆《おお》った。

「一度だって王になりたいと願ったことなんかない。そんな覚悟《かくご》だってない。だけど、俺にはそれしか価値がないから……っ。王になれるかもしれない男として生きるしか、他に価値がない……っ。そうしないと、誰も俺を見てくれないから……っ、周りに言われるがまま王位を目指すふりをしていただけなんだ……っ」

泣いているのだろうか。第二王子殿下の顔は見えないが、その声は震《ふる》えていて脅《おび》えたような声だった。

アデルバード殿下の話を思い出す。悪評が絶えない側妃《そくひ》の息子《むすこ》として孤立《こりつ》するほど周囲から冷遇《れいぐう》され、寂しく幼い時代を過ごした第二王子殿下。今は第一王子派と第二王子派に分かれるほどそれぞれに信奉《しんぽう》者がいるが、王位を目指すふりをすることで人に気にかけて貰えると気づいてしまったのか。

それは愛や友情ではなく、各々《おのおの》の立場や信念による集合ではあっても、孤独《こどく》だった子どもには嬉《うれ》しかったのだろう。たとえ本気で王になりたいと思っていなくても、そう見えるように振《ふ》る舞《ま》ってしまうくらいには。

傷つききった第二王子殿下へ「貴方《あなた》は価値のある人間ですよ」なんて気休めは届かない気がして彼を励《はげ》まそうとはせず、溜《た》め込んだ心を全て吐き出せるようにただ尋《たず》ねることにした。

「それは寂しかったでしょうね。孤独なまま戦い続けて、疲《つか》れてしまいましたか？」

「……あぁ、そうだな。……もう、疲れた」

「アデルバード殿下が私達ではなく第二王子殿下を頼ったとしたら、孤独が薄《うす》れたのですか？」

「……解《わか》らない」

　第二王子殿下はグイと目元を拭《ぬぐ》う仕草をして、月を見上げ背を伸《の》ばした。

「解らないけど、嬉しかっただろうなとは思う。幼い頃《ころ》の兄上は、少し遅《おく》れてから追いつく俺に苦笑《くしょう》しながらも隣を歩いてくれるような人で、兄上さえいてくれるなら寂しくなんかないと思えた。だが兄上は婚約《こんやく》を境に突然《とつぜん》人が変わって俺と距離を取った。俺だって、兄弟の馴《な》れ合《あ》いを止《や》めるのは正しいことだと解っている。より聡明《そうめい》で強き王を決めるために俺達は常に兄弟よりも優秀《ゆうしゅう》であろうとして戦わねばならない。そうやって戦うことこそが未来のエルゼリアのためになる。だけど俺は……」

「大好きなお兄さんと仲良くしていたかったのですか？」

「……っ、そうだ。ずっと隣にいてほしかった。憧れる兄に俺を置いていかないでくれとすがりたかった」

「その気持ちをお伝えしないのですか？」

　尋ねると第二王子殿下の顔はまた俯いてしまった。

「言えない。羨望《せんぼう》を知られたら、隣《とな》り合って立つ道が断《た》たれてしまう気がして怖《こわ》いんだ。今だって兄上の隣に立てているわけではないのに、俺は弱いから、本音の一つすら誰にも伝えられない」

　第二王子殿下の悲痛な声とは対照的に、心地《ここち》いい風が吹《ふ》いてサワサワと木の葉が鳴った。月明かりは暗闇《くらやみ》を裂《さ》くように彼と中庭を照らしている。

「いい夜ですね」

第二王子殿下は絶望しきったように悲しんでいるが、彼が今いるこの場所はそれほど恐ろしい場所でもないのだと気づかせてあげたかった。

温かい温泉に入って、みんなでお揃《そろ》いの浴衣を着て、みんなで同じ物を食べて、みんな同じではない話を聞かせ合ったら、心を通わせ合える気がした。

温泉宿というのはそんなところのはずだ。

立ち上がり、第二王子殿下の横をすり抜《ぬ》け、中庭にいくつか置かれた踏み石を室内履《ば》きのまま進んだ。

目を楽しませるために作られた中庭はよく清掃《せいそう》されていて、踏み石も綺麗《きれい》に磨《みが》かれている。

振り返ると第二王子殿下は置いてけぼりにされた子どものように、寂しそうな目で私を見つめていた。

「私には言えたじゃないですか」

言うと、彼は息を吸い込んで胸を膨《ふく》らませた。驚《おどろ》いたような青い瞳《ひとみ》に、寂しさを散らすように月明かりが入り込む。

「その調子です。今夜の成功はきっと貴方の自信に繋《つな》がります。ゆっくり、少しずつでいいですから、一歩ずつ前へ進んで、いつか大好きな人に想《おも》いを伝えましょう。そのための練習が必要なら大人の私がいくらでも付き合いますよ」

青い瞳から雫《しずく》が垂れ、月明かりはますます光を集めて瞳の中で輝《かがや》いた。第二王子殿下は声も上げず驚いたような顔のまま静かに泣いて、最後には照れたように笑った。

「子ども扱《あつか》いするなって言っただろ……」

そう言ったあと涙《なみだ》を拭って立ち上がり、私と同じように踏み石を歩いて近づいてくる。踏み石一つ分の距離まで近くなって、第二王子殿下は何かをしようとしたのか両手を少しだけ上げたが拳《こぶし》を作って下げ直した。背の高い彼を見上げて、それでもまだシライヤの方が背が高いなと考える。

「……こんな夜更《よふ》けに呼び出して悪かったな。お前は……、貴女《あなた》はレディーなのに。部屋へ戻ろう。必要なら送るが」

「大丈夫《だいじょうぶ》です。近衛の皆様《みなさま》が護《まも》ってくださるので、宿の中は安全ですしね」

「……そうか。では、また明日。おやすみ」

「おやすみなさいませ、第二王子殿下」

結局、第二王子殿下がこのあとどう出るつもりなのか探ることはできなかったが、アデルバード殿下を慕《した》うあの気持ちが真実であるなら悪いことにはならないと思った。

去って行く背中を見送ってから私も縁側まで戻る。

「シンシア」

突然声をかけられる。聞き慣れたその声に嬉しくなり微笑《ほほえ》んで顔を向けた。暗い廊下から月明かりの差す縁側に出てきたのはシライヤだ。

「シライヤ、まだ起きていたのですね」

「……立ち聞きは良くないと思ったが、聞いていた。……心配で」

「心配してくださってありがとう。第二王子殿下は、案外いい子かもしれませんよ」

シライヤに身体を寄せて彼の両手を取る。会えないと思っていた時に愛《いと》しい人に会えると、普段《ふだん》よりもことさら嬉しい気がする。

「……シンシア。抱き上げてもいいか」

「抱き上げる？　もちろん、かまいませんが」

シライヤは私の身体を軽々と横に抱き上げて、そのまま廊下を進んだ。

「ふふ、急にどうしたのですか？　楽しいですね」

「そうか……。なら、たまにやろうかな」

「いいですね」

私もシライヤにしてあげられたらいいのに。さすがに無理か。

そうしてあっという間に到着《とうちゃく》したのは私の泊《と》まる客室だった。

「シンシア、戸を開けてくれ」

「承知です」

まだ下ろす気配がないシライヤに言われ抱かれたまま戸を開ける。室内履きも抱き上げられたまま脱《ぬ》いだあと、室内まで入り敷《し》かれたままの布団の上に下ろされた。

縁側の上の階にある室内には、中庭と同じように月明かりが差しこんでいる。

「部屋まで送ってくれてありがとう、シライヤ。楽しかったですよ」

「どういたしまして。……シンシアが喜ぶなら、なんだってするよ」

声はとても穏《おだ》やかなのに、シライヤの顔は寂しそうだ。

「俺は……、シンシアから向けられる好意に安心しきって、のんきな男だったな」

「シライヤ？　どうしましたか？」

「愛情を受け取るだけで、シンシアに好かれるための努力を何もしていなかったと気づいたんだ」

「努力なんてしなくても、そのままのシライヤが大好きですよ」

「ありがとう。シンシアからの愛を疑ったことはないよ。不安定な俺でも安心していられるくらいに、貴女の愛は深いから」

なら、どうしてこんな話を。

寂しそうにするシライヤが可哀想《かわいそう》で彼の頰《ほお》へ手を伸ばす。ゆっくりと中指から手を当てて、傷つかないように優《やさ》しく撫《な》でると、シライヤは撫でる私の手に自分の手を重ねた。

「愛情深いシンシアは可哀想な男に弱くて、泣き虫の男を可愛《かわい》いと言うから。第二王子殿下と話す姿に……嫉妬《しっと》した」

「し、嫉妬ですか？」

思い至らなかった感情を告白されて驚いた。私にとって第二王子殿下は身体が大きいというだけの幼い子どもだ。シライヤの嫉妬の対象になるとは思ってもみなかった。

「そうだったのですね。悲しい思いをさせたのならごめんなさい。第二王子殿下とはアデルバード殿下のことで話をしただけです。恋愛《れんあい》感情はありません」

「うん……、信じるよ。それでも嫉妬は止められないかもしれないが……」

「もしかして、昼間に第二王子殿下の婚約について熱心だったのは」

「……そういうことだ」

素直に認める言葉を零《こぼ》して照れるように笑うシライヤ。なんていじらしく可愛い人だろう。この先彼以上に魅力《みりょく》的な男性なんて現れないに違いない。

「嫉妬するほど強く想われて嬉しい。貴方のように素敵《すてき》な人を知ってしまったら、もう他の誰にも恋《こい》なんてできない。だからどうか心配しないで」

「ありがとう、シンシア……。だけどそれは俺が努力しなくてもいい理由にはならないんだ。だから……」

頰に添《そ》えていた手をゆっくり下ろして、シライヤは月明かりに照らされてキラキラ輝く銀髪《ぎんぱつ》を揺《ゆ》らしながら、綺麗な顔で決意したように言った。

「今夜は努力させてほしい。シンシアが望むのならば同じ部屋で眠《ねむ》るし、……望むのなら、キスも……する」

言ってから恥《は》ずかしくなってしまったのか、顔を真っ赤にしてしまうシライヤ。可愛い。

シライヤの手を両手で取り直して、恥ずかしそうに揺れる瞳を覗《のぞ》き込む。

「……では、キスをしましょう。目を閉じてください、シライヤ」

「……解った」

睫《まつ》毛《げ》を震わせながら目を閉じたシライヤは清らかで美しく、初めて恋をした時からずっと変わらない私の大切な人。

優しくシライヤの指先へキスをした。

「……シンシア」

目を開けたシライヤは驚いたように指先にキスをした私を見つめる。

「同室で一夜を明かさないのも、キスを結婚式《けっこんしき》まで取っておきたいというのも、恥ずかしさの中に私を大切に扱いたいという尊重が混じっているのは解っています。ありがとうシライヤ、私を大切にしてくれて。私も同じだけ、あるいはそれ以上に貴方を大切にしたい」

シライヤの大きな身体に抱きつく。彼の全身を包み込んであげたいのに、私の腕《うで》では足りなくて少し悔《くや》しい。

「だから、唇《くちびる》へのキスは結婚式でしましょうね。私達の大切な一歩にするために」

返事のように抱きしめ返され二人の体温が同じになっていく。

「愛している、シンシア」

「私も愛しています、シライヤ」

愛の言葉をかけ合ったあと、「でも」と私が続ける。

「結婚したあとは、シライヤがどんなに恥ずかしがっても愛を行動で示しますからね。今のうちに覚悟しておいてください」

「うづ……。か、覚悟しておく」

抱きしめ合っているからシライヤの顔は見えないけれど、きっと耳まで真っ赤にしているのだろうなぁと思いながら可愛いシライヤの顔を想像して自然と頬が緩《ゆる》んで笑ってしまうのだった。

彼と結婚する未来が楽しみだ。

5話 王太子の婚約者エステリーゼ

「兄上、昨日は取り乱して申し訳ありませんでした。兄上が大変なお立場にあることは解《わか》りました。俺にも事態の解決へ向けて協力させていただけませんか」

次の日、第二王子殿下《でんか》はアデルバード殿下の客室を訪《おとず》れ真剣《しんけん》な様子でそう言った。

今日は病人のふりはせず座卓《ざたく》を囲んで話をしている。私とシライヤもその場に同席しているが、今更《いまさら》アデルバード殿下を護《まも》るようにしたところで既《すで》に知られてしまっているなら意味はないのかもしれない。

「ふむ……。どうするか」

「……兄上の頭部に生えた猫耳《ねこみみ》ですが、呪術《じゅじゅつ》的なものであるなら俺の方が詳《くわ》しく調べられると思うのです。神や神秘的なことを信仰《しんこう》する神聖国《しんせいこく》の人間ならば呪術に関しても詳しい。かの国への伝手《つて》は俺の方がありますから、お役に立てると思います」

自分が役に立つのだと説明する第二王子殿下だがアデルバード殿下は響《ひび》いていないような顔を見せている。いや、アデルバード殿下のことだからたとえ響いていたとしても顔に出さないのかもしれないが。

そのタイミングでシライヤが鋭《するど》く声を上げた。

「危険すぎます。政敵を引き入れるべきではない」

普段《ふだん》のシライヤならこうやって王族の会話に口を挟《はさ》むことはしないだろうが、今日は苛《いら》立《だ》ちを露《あら》わに意見を述べた。昨夜彼から聞いた嫉妬《しっと》のことも関係しているのだろうか。

「自惚《うぬぼ》れるなと警告したはずだ！　たとえ公爵《こうしゃく》だろうと、この場において貴様に決定権は……！」

シライヤの苛立ちに呼応するように第二王子殿下も怒《いか》りを見せて声を大きくしたが、アデルバード殿下が「いや」とそれを遮《さえぎ》った。

「シライヤの言うことには一理ある。ラザフォード、お前も本当は解っているはずだ。我々は敵対派閥《はばつ》を持つ者同士。こういった状況《じょうきょう》下において、本来であれば協力を頼《たの》むことはない」

「……っ」

第二王子殿下は解りやすく傷ついた顔を見せて、悲しそうに眉《まゆ》を寄せたあと俯《うつむ》いて呟《つぶや》くように言った。

「……俺はもう、兄上の隣《となり》に立つことは許されないのでしょうか」

他にも言いたいことは沢山《たくさん》あったと思う。けれどその言葉は、今までの第二王子殿下からすればとても勇気のいる言葉だったはずだ。アデルバード殿下がわずかに目を見開いたのがその証拠《しょうこ》だろう。

「……本来であれば協力を頼むことはない、が、こちらも行き詰《いづ》まっている。今回ばかりはありがたく受け入れよう。頼んだぞラザフォード」

「兄上……！　ありがとうございます！」

「しかし、アデルバード殿下……」

シライヤはまだ納得《なっとく》いかなそうに声を上げたが、アデルバード殿下がそれを制止するように手を上げた。

「いいんだ、シライヤ」

いつものように薄《うす》く微笑《ほほえ》んで言うアデルバード殿下に、シライヤも口をつぐんだ。受け入れた訳ではないだろうが、王族がそこまで強く決定の意志を見せたのならば公爵であろうとこれ以上反論する訳にもいかないだろう。

アデルバード殿下の決定に顔色を明るくした第二王子殿下は、私に向けて照れたように笑った。良かったですねという意味で頷《うなず》きを返したが、ハッとして隣を見る。第二王子殿下と対照的に重々しい空気をまとって眉を寄せているシライヤがいた。第二王子殿下とアイコンタクトをするなんて、また嫉妬させてしまったのかもしれない。

これはやりづらい……。

「さっそく同様の呪術がないか調べさせますが、しばらくの間この宿への滞在《たいざい》をお許しください。兄上を観察していれば新しい発見をするかもしれません。少しでもこの事態を解明するための手がかりが欲《ほ》しい」

「いいだろう。しかし、お前の近衛《このえ》の数は最低限のままにしておくように。私にとってそちら側の近衛は信頼《しんらい》しきれる者達ではない」

アデルバード殿下の言葉に第二王子殿下は頷きながら「解りました」と答えた。そしてそのまま私に顔を向け真剣な表情で言う。

「シンシア・ルドラン子爵令嬢、貴女《あなた》の助言があって兄上とこうしてまた話をすることができた。感謝する。そして初対面での無礼に謝罪を。すまなかった、未熟な俺をどうか許してほしい」

「とんでもないことです。第二王子殿下の憂《うれ》いを払《はら》えたのであれば何よりです」

「ありがとう。そこで、俺も兄上のように貴女と友人になりたい。俺の名を呼ぶ許可を与《あた》えるから、これからは友人として接してくれないか」

それは……困る。シライヤが嫉妬している相手を名前で呼ぶなんてあとが怖《こわ》い。

しかし王族から名を呼ぶ許可を与えられ、それを拒否《きょひ》するというのはあってはならないことだ。ここが私達だけの空間であろうとも貴族として王族を蔑《ないがし》ろにすることはできない。

「婚約者《こんやくしゃ》が名で呼ぶことを許されていない高位のお方と気軽に接する訳には……」

それでも最大限の抵抗《ていこう》をしてみたが、第二王子殿下は少し眉を寄せて同じく眉を寄せたままのシライヤへ視線を向けた。

素直《すなお》に名を呼ばせて貰《もら》った方がトラブルがなかっただろうか。ハラハラとしながら二人を見守っていると、しばし睨《にら》み合《あ》いをしたあと第二王子殿下が口を開く。

「……では、ブルック公爵にも名を呼ぶ許可を与える」

「……光栄でございます。ラザフォード殿下」

シライヤはまったく光栄ではなさそうに低い声で答えた。

結局私達は第二王子殿下をラザフォード殿下と呼ぶこととなり、ラザフォード殿下も私達を名で呼ぶことになったのだ。

シライヤの嫉妬は気になるが、生《お》い立《た》ちのせいで貴族社会と縁《えん》が薄い若き公爵が王子二人に名を呼ぶ許可を与えられたことはいいことであるはず……だ。

「そういえば、ラザフォード殿下」

「なんだっ？　シンシア嬢《じょう》っ」

さっそく名前で呼ぶと、ラザフォード殿下は嬉《うれ》しそうに私の方へと振《ふ》り返《かえ》った。

「よく猫耳だと解りましたね。いえ、むしろ獣《けもの》の耳が人の頭から生えているなんて信じがたいでしょうに、一度見ただけで状況を受け入れるなんて驚《おどろ》きました」

「……っ、それは」

ラザフォード殿下の顔色が急に悪くなり、嬉しそうに視線を合わせていた青色の瞳《ひとみ》が泳ぐようにそらされた。

「兄上が身を隠《かく》されるくらいだから……そのくらいあっても当然かと……思った」

そんなものだろうか。


晴れてラザフォード殿下も仲間になったところで、私達は四人で食事をした。座卓を囲んで食事をするのは四人が限界のように思える。

まあ、これ以上人が増えることはないだろう。何せ王子が二人も滞在しているのだから、ここに割って入れるような人物は他に……。

「エステリーゼ様がいらっしゃった⁉」

いた。

使用人に更《さら》なる来訪者を告げられ慌《あわ》ててフロントへ降りると、アデルバード殿下のようにマントのフードを被《かぶ》っている人物がいた。私が来たのに気づくとフードを取り去り、藤《ふじ》色《いろ》の髪《かみ》が豊かに現れる。

「シンシアさん、お久しぶりですね」

「エステリーゼ様……！　お久しぶりです、アデルバード殿下にお会いに？」

　エステリーゼ様に駆《か》け寄《よ》ってお互《たが》いに手を取り合った。私達は随分《ずいぶん》前に友人となり、今では少し砕《くだ》けて話せるほどに仲良しだ。

「ええ、ラザフォード殿下がアデルバードを追って行ったと聞いて心配で。ルドラン子《し》爵《しゃく》からお二人がいる宿だとは聞いていたのですが、慌てていたので先触《さきぶ》れも出せずごめんなさい」

「いいえ、婚約者を心配するのは当然です。アデルバード殿下の客室へご案内しますね。ラザフォード殿下についてもお伝えしたいことがあります」

　エステリーゼ様についてきた護衛と使用人にはひとまずロビーで待って貰い、エステリーゼ様をアデルバード殿下の所へ連れて行く。

　エステリーゼ様を見たアデルバード殿下は座卓を囲んでいた席から立ち上がって出迎《でむか》えた。

「来てくれたのか」

「はい。貴方《あなた》のことが心配で」

「そうか、ありがとう」

　婚約者同士の感動の再会だ。抱《だ》きしめ合うくらいあるだろうかと思って待っていたが、二人は手も届かない位置で立ち止まってそれ以上動かない。

私達が見ているから恥《は》ずかしいのだろうか？

「ラザフォードにも子細を伝えたところだ。神聖国の伝手を使い、呪術を調べてくれる」

「まぁ、ラザフォード殿下が？」

エステリーゼ様が心配した理由は、ラザフォード殿下がアデルバード殿下を追って行ったことだ。この展開には驚いただろう。

「義姉上《あねうえ》、俺も協力します。政敵であることに不安はあるでしょうが、兄上を護りたい気持ちは本当です」

「……そうですか。アデルバードが許したのであればわたくしに異存はありません。けれど、そうなると、ここまで来てしまったのはわたくしの早合点《はやがてん》でしたのね」

困ったように言ったエステリーゼ様は私へ向き直って申し訳なさそうに続けた。

「必要もないのに押しかけてごめんなさいね、シンシアさん。すぐに帰ると言いたいのですが、馬が疲《つか》れていて難しいのです」

「どうかお気になさらないで……。ぜひ当宿の温泉を楽しんでいってください。お部屋も食事もご用意しますので」

「ありがとう、シンシアさん。けれど眠《ねむ》る部屋だけ貸していただければ食事は自分達で用意しますよ」

「大丈夫ですよ。ルドラン子爵領は観光地ですから。食材の調達は容易ですし、生の魚料理と蜂蜜《はちみつ》のデザートをぜひ楽しんでいってください」

また私達は自然と手を取り合い、お互いに微笑み合った。

「まぁ、素敵《すてき》。お言葉に甘えさせていただきますね」

「ええ、もちろん。エステリーゼ様とお泊《と》まりだなんて、なんだか楽しいです」

朗《ほが》らかな空気が私達の間に流れ、はしゃぐようにいつまでも手を取り合っていた。

エステリーゼ様は親しみやすい素敵な方だ。初めて話をした時は、殆《ほとん》ど時間もかからずに仲を深め合った。

それを思うと、アデルバード殿下がわざわざ訪れてくれたエステリーゼ様に一度も触《ふ》れずに言葉を交《か》わしたのが少し不思議だ。公務の場ではエスコートをしたりダンスをしたり、距離《きょり》を近くされているようなのに。

そのあとはエステリーゼ様と話が弾《はず》んで、私達は同室で宿泊《しゅくはく》することになった。

それを聞いたラザフォード殿下は自分も兄と同室がいいと強く希望され、アデルバード殿下がそれを許したので男部屋と女部屋が隣《とな》り合うことになった。

記憶《きおく》は曖昧《あいまい》だが前世で経験した修学旅行のようで、私は一人ワクワクしていた。

ちなみにシライヤはラザフォード殿下と同室になると聞いてムッとした顔をしていたが、それすらも可愛《かわい》いと思えてしまった。

シライヤ、頑張《がんば》って。

夜になりエステリーゼ様と温泉に向かう。

高位貴族のエステリーゼ様がお一人で身体《からだ》を洗えるのか心配したが、私がするのを真似《まね》て上手に洗っていた。

「エステリーゼ様！　入る前にかけ湯をしてくださいね！　いきなり熱い湯に入ると危険ですからね！」

「まぁ、シンシアさんたら、ばあやみたいなことを言って。解っていますわ、温泉のかけ湯はマナーと聞いております。淑女《しゅくじょ》として怠《おこた》りません」

先に身体を洗い終わって温泉へ向かったエステリーゼ様に声をかけると、すねているような楽しんでいるような声色《こわいろ》で返される。

可愛らしい人だ。ばあやという人もきっとニコニコの笑顔《えがお》でエステリーゼ様に声をかけてしまうのだろうなと想像する。

「思ったよりも熱いのですね！　……でも入ると気持ちいいですわ」

「ふふ、そうでしょう」

エステリーゼ様に遅《おく》れて追いつきかけ湯をしながら言う。ゆっくりと片脚《かたあし》ずつ湯の中に入れて全身を沈《しず》めると、炭酸ガスの気泡《きほう》がいくつも身体についていく。

「面白《おもしろ》い温泉ですね。他の領地にも温泉はありますけれど、ルドラン子爵領の炭酸温泉は一風変わっていて楽しいです」

エステリーゼ様は言いながら腕《うで》や脚についた気泡を撫《な》でては散らし遊んでいる。少しでも楽しみを増やせたらと思い、私の知り得る知識をお伝えしようと口を開いた。

「炭酸温泉は体感温度が高くなるので少し低めになるように水を混ぜているんですよ。それでもこの温泉は三十九度に保っているので、熱いくらいに感じるかもしれませんね」

「そうですのね、同じ湯でも炭酸が混じっていると体感温度が高くなるなんて不思議ですわ。シンシアさんの周りは不思議で溢《あふ》れている気がします。ラザフォード殿下のことだってそう。彼がアデルバードの味方につくなんてとても不思議ですもの」

「そうなのですか？　ラザフォード殿下は心からアデルバード殿下を慕《した》っておられるように見えました。兄弟仲がそれほど悪いとは思えなかったのですが」

「幼い頃《ころ》はよく遊んでいたと聞いていますわ。けれど、わたくしがアデルバードと婚約して二人と日常的に顔を合わせるようになっても、兄弟で仲良く一緒《いっしょ》にいるところを見かけたことはありませんわね。……あ、でもそういえば」

「そういえば？」

「随分昔に言われたことなので忘れていましたけれど、アデルバードが王太子を目指す理由はラザフォード殿下のためだと言っていました」

それはまた意外な話だ。

「私はてっきり、エステリーゼ様のために王太子になられたのかと思っていました」

「そうですわね、今はきっとそう。王太子の婚約者でいられなくなれば、わたくしの努力不足だと父が酷く叱《しか》るでしょうから、わたくしを護るためにも頑張ってくれているのだと思います。けれど婚約の顔合わせの時にアデルバードが言ったのです。臆病《おくびょう》な弟が王になることを怖がっているから俺が王になってやることにした。お前は王太子の婚約者にふさわしい女なのか？　と」

「……アデルバード殿下、幼い頃は口が悪いですね」

「そうなんですの。昔はわんぱくな王子として城内では有名で、わたくしと婚約したあとはマナーの勉強にも力を入れてすぐに立派な紳士《しんし》になりましたけれど、代わりに素直さはなくなってしまいましたね。もちろんそれは王太子として必要なことなのですけれど」

やはりわんぱくだったのか。

シライヤを救出する時のミツバチ作戦で一度くらい蜂《はち》に刺《さ》されてみてもいいとアデルバード殿下が言った時、楽しそうに目が輝《かがや》いていた。それを見てわんぱく小僧《こぞう》という印象を持ったのを覚えている。

それにエステリーゼ様のお話はラザフォード殿下が言っていたことと同じで納得できる。

ラザフォード殿下は王になる覚悟《かくご》がないお方なのだ。そんな彼のために王になることを決意したアデルバード殿下は、王太子教育に熱心に取り組みだして弟と遊ぶ時間をなくした。結果的に孤独《こどく》になったラザフォード殿下は王太子を目指すふりをして敵対派閥を作ってしまった。

仲のいい兄弟の悲しいすれ違《ちが》いがなん年も続いているのだ。温泉宿で少しでも彼らのわだかまりが解けるといいのだが……。

エステリーゼ様と温かい温泉をゆっくり楽しんで、上がる時には乾燥《かんそう》を防ぐ香油《こうゆ》を塗《ぬ》り合った。浴衣《ゆかた》も楽しそうに着てくださったが、やはり露出《ろしゅつ》が多いのが気になったのかブラウスや薄物《うすもの》を下に重ね着されていた。部屋に帰れば二人で食事を取る。

五人では座卓が手狭《てぜま》になってしまうので、エステリーゼ様がいらっしゃる間はこうして男女に分かれて各々《おのおの》の部屋で食事を取ることになりそうだ。

「せっかくいらしたのに、アデルバード殿下とのお時間が取れず寂《さび》しくはありませんか？　もしご希望でしたら二人きりになれるように手配しますが」

食事を終えて一息つきながら提案すると、エステリーゼ様はほんのりと頬《ほお》を染めて嬉しそうに微笑む。

「明日にでもお願いしようかしら」

「かしこまりました。私達の目があっては、思う存分イチャイチャできませんものね」

ごく自然に思ったことを言ったのだが、エステリーゼ様はきょとんと瞬《まばた》きをして「イチャイチャ……？」と私の言葉を繰り返した。

「はい。イチャイチャなさるのでしょう？　手を繋《つな》いだり、抱きしめ合ったり」

「ま、まぁ！　アデルバードとわたくしがそんなことを⁉」

「しないのですか⁉」

エステリーゼ様はまるでシライヤのように純情な様子で顔を真っ赤にしてしまった。この驚きようだと、本当にそういったことをしていないのだろう。驚いた……。これではシライヤと私の関係よりも清らかではないか。

「ですが、式典等では手を繋いだり腕を組んだりなさっていますよね？」

「もちろん、そうしなければ関係が良好であることを示せませんから。王太子が婚約者と上手《うま》くやれていないなんて醜聞《しゅうぶん》となってしまいますもの。わたくし達の触れ合いを国民に見せるのは大事な仕事のいっかんで……」

「あくまで仕事上の触れ合いであると……」

「ええ……。プライベートでの触れ合いは……ありませんわね」

肩《かた》をすくめて俯きがちになりながら言うエステリーゼ様は、どこか寂しそうだ。

アデルバード殿下のことを慕っているエステリーゼ様のことだからプライベートでの触れ合いを嫌《いや》がっている訳ではないだろうし、エステリーゼ様のことで悩《なや》みを抱《かか》えていたア

デルバード殿下もまた同様であるはず。

二人ともイチャイチャしてみたいと思っているだろうに、タイミングを逃《のが》し続けているというところだろうか。

「ではエステリーゼ様。明日はイチャイチャに挑戦《ちょうせん》しましょう!」

「けれど……、アデルバードが嫌がらないかしら……」

「嫌がるはずありません。アデルバード殿下は嫌みと嘲笑《ちょうしょう》で塗《ぬ》り固められたようなお方ですが、エステリーゼ様のことを話す時だけは素直に愛の言葉を出されます。そんな方がエステリーゼ様に触れられて嫌がるなんてことは考えられません」

「そう……、ね。幼い頃の素直さが欠落して皮肉の権化《ごんげ》のようになってしまったアデルバードだけれど、わたくしに対してはいつも誠実で優《やさ》しいですもの。触れたいと伝えればきっと応えてくださるはずですわ」

「そのいきです! 頑張りましょうね、エステリーゼ様!!」

「はい……っ! わたくし必ず成功させてみせますわ!!」

私達はまた手を取り合い、明日のイチャイチャ作戦の成功を祈《いの》るのだった。

6話　温泉と酒と男達（シライヤ視点）

食後の一時、突然《とつぜん》アデルバード殿下《でんか》が小さなくしゃみをした。

「兄上っ！　まさか本当に体調を崩《くず》されたのでは⁉」

ラザフォード殿下は大げさなほど反応を示してアデルバード殿下を心配している。俺にも兄がいたが、こんな風に仲のいい相手ではなかったな。

「一度くしゃみをしただけだ。そんなに狼狽《うろた》えるな、ラザフォード」

「しかし……」

兄弟のやり取りを眺《なが》めながらも俺の頭の中はシンシアのことでいっぱいだ。

そういえば、俺がくしゃみをした時にシンシアがこんな話を聞かせてくれた。

「人に噂《うわさ》されている時、当人はくしゃみが出ると言われているそうです」

「面白《おもしろ》い話だな。ではエステリーゼがシンシア嬢《じょう》に私を褒《ほ》め称《たた》えて愛を語っているのだろう」

満更《まんざら》でもなさそうにアデルバード殿下が答える。

彼の頭の中も婚約者《こんやくしゃ》のことでいっぱいのようで、グリディモア公爵令嬢《こうしゃくれいじょう》が来てから五分に一回は彼女の話をしている。

ラザフォード殿下は真面目な様子でそれを熱心に聞いているが、俺は適当に聞き流しながらシンシアのことを考えていた。それがバレてしまったのか、アデルバード殿下は今のように上手《うま》くシンシアの名前を出しながらグリディモア公爵令嬢の自慢《じまん》話をするようになった。

シンシアの名前が出ると俺が真剣《しんけん》に話を聞くと解《わか》ってやっている。まったく、ぬかりない人だ。

「よくもそんなでたらめを。兄上が本当に体調を崩していたらどう責任を取るつもりだ、シライヤ」

シンシアへの態度は改めたようだが、相変わらず俺には悪態をつくラザフォード殿下。昼間の衝突《しょうとつ》だけが原因ではないはずだ。昨夜といい今日といい、彼はシンシアに恋《こい》をした視線を向けている。だから婚約者の俺が邪魔《じゃま》なのだろう。

シンシアは魅力《みりょく》的な女性だから、この世界の全ての人間が彼女に恋をしてもおかしくない。ラザフォード殿下の気持ちは良く理解できるが、だからと言ってシンシアの婚約者という幸福な立場を譲《ゆず》るつもりもない。

「失礼いたしました。シンシアから教えて貰《もら》った話でしたので、つい彼女の可愛《かわい》い冗談《じょうだん》を披露《ひろう》したくなったのです」

「なっ⁉　シンシア嬢が言ったことだったのか⁉　そ、それなら……あながちでたらめという訳でもないかもしれないな」

急に自信をなくしてごにょごにょと発言を撤回《てっかい》し始めるラザフォード殿下は、まだまだ青い子どもといった感じだ。見た目は大人のように発育しているが、これではシンシアに男として意識して貰うことはできない。

そういう意味では安心できるが、子どもはいつか成長するものだ。今から警戒《けいかい》しておいてもけして早くはない。

少なくとも、シンシアからの愛を自ら投げ捨てたエディよりは警戒に値《あたい》する人物だろう。

「二人とも仲が良く結構なことだ。では、身体《からだ》を冷やして体調を崩さぬよう、そろそろ温泉を楽しむとしよう」

皮肉を交ぜながら言ったアデルバード殿下はフードを被《かぶ》って立ち上がる。

獣《けもの》の耳を隠《かく》さなければならないこともあってアデルバード殿下が温泉に入る時間は、辺りが暗くなる夜だけと決めた。その時間は使用人も近衛《このえ》達も温泉へは近づかず清掃《せいそう》もそれまでに終わらせて貰っている。

俺とラザフォード殿下はもちろん例外で、アデルバード殿下を護《まも》るために一緒《いっしょ》の時間に入浴することになった。

三人で温泉へ向かったのだが、服を脱《ぬ》いだアデルバード殿下を見て思わず驚《おどろ》きの声が漏《も》れる。

「……尻尾《しっぽ》、あったのですね」

「まあな。しかしこの尻尾だけはどうしても邪魔だ」

「服の中に隠していたなら確かに邪魔そうですね。眠《ねむ》る時も気になりそうだ」

「いやそうではなく」

アデルバード殿下の尻尾は垂れ下がり、隣《となり》で服を脱いでいるラザフォード殿下にシタンシタンと叩《たた》きつけるような仕草をしている。

「感情が隠せない。これは王太子として致命《ちめい》的だ」

なるほど、顔はいつものように微笑《ほほえ》んでいるが本心では不機嫌《ふきげん》という訳だ。

「……兄上の尻尾、柔《やわ》らかくて気持ちいいです」

アデルバード殿下の尻尾が怒《おこ》ったようにラザフォード殿下をいっそう打ち付けたが、身体を洗い終わりようやく温泉に入る時には機嫌が良さそうにピンと立ち上がっていた。

アデルバード殿下が先に湯へ入り、そのあとにラザフォード殿下と俺が続く。

「これはいい。ルドラン子爵領《ししゃくりょう》は資源を有効に活用しているな。立派なことだ」

目を閉じて肩《かた》まで湯を楽しみながら称賛《しょうさん》の言葉を口にするアデルバード殿下に、ラザフォード殿下も心を弾《はず》ませているように続けた。

「温泉だけでなく、この宿自体も面白いと思いませんか。シンシア嬢が知る遠い国の文化を再現したそうですよ。彼女は博識で慈悲深《じひぶか》くて……月光の下で美しく輝《かがや》いていて……神聖国《しんせいこく》で言うところの天使という者が存在するならきっと彼女のような……」

その意見には同意だが、ラザフォード殿下がうっとりとシンシアのことを語るのは気分が良くない。わざと遮《さえぎ》るように言葉をかけた。

「この宿は俺との旅行を楽しむために用意してくれたと言っていました」

「……っ、シンシア嬢は気遣《きづか》いが素晴《すば》らしい女性だからな。もし俺が婚約者だったとしても同じようにしてくれるはずだ」

「もしなんて仮定の話をされても困りますね。シンシアは俺の婚約者なのですから」

「仮定でなくなる可能性もあるんじゃないのか。確かシンシア嬢は前の婚約を解消していたよな。今回も解消になるかもな」

「シンシアとの婚約を解消するなんて、絶対にありえません」

ザバリと盛大《せいだい》な音をさせてラザフォード殿下が立ち上がった。

「世の中に絶対こそありえない！」

負けじとこちらも立ち上がり言葉を返す。

「シンシアのことに限っては絶対です！」

俺とラザフォード殿下の睨《にら》み合《あ》いが始まり、お互《たが》いに引くつもりはないと月の下で長く立《た》ち尽《つ》くした。

「……いい湯だ」

一人、我関せずと目を閉じたままのアデルバード殿下が呟《つぶや》いた。

俺とラザフォード殿下は温泉を楽しむどころではなくなってしまったが、アデルバード殿下は満足したようで浴衣《ゆかた》に着替《きが》える時も尻尾をピンと立てていた。


食事も終わり風呂《ふろ》にも入り、あとは寝《ね》るだけかと部屋に戻《もど》ると、敷《し》かれた布団《ふとん》の側に酒《さか》瓶《びん》とグラスがあった。

「アデルバード殿下、これは？」

「従者に用意させたラム酒だ。サトウキビから造った酒で船乗りがよく飲むらしい。シライヤは酒を飲んだことがあるか？」

俺とアデルバード殿下は十九歳。十八歳で成人の扱《あつか》いとなるエルゼリアでは、酒も十八歳から飲むことが許される。だが学園の規則で飲酒を禁じられているため、学生の頃《ころ》は飲むことはできない。そのまま特に飲酒の必要性を感じず酒は未経験のままだった。

「いえ、飲んだことがありません。アデルバード殿下は嗜《たしな》まれるのですか」

寝酒《ねざけ》を飲む人間もいると聞く。それだろうかと思ったが、アデルバード殿下は「いや」

と否定して続けた。

「私も未《ま》だ酒の味を知らぬままだ。だが成人した以上、王太子の公務として酒を勧《すす》められる場に出席することもあるだろう。それに備えて酒の嗜み方を学んでおかねばならん。療養《りょうよう》という名目がある今は公務もないことだし、今のうちに試《ため》してみるのも悪くないと思ってな」

言いながら脚《あし》のないグラス二つに少量の酒をつぎ、一つのグラスを俺へ差し出した。

「飲めぬ理由がないなら少し付き合え。お互い婚約者の前でいきなり試して恥《は》ずかしい思いはしたくないだろう」

「それはたしかに」

アデルバード殿下からグラスを受け取る。甘い物はそれほど得意ではないのだが、サトウキビの酒は甘いのだろうか。

礼儀《れいぎ》のようにアデルバード殿下とグラスを当てたあと、ほんの味見程度に舌の上へラム酒を流した。想像していた甘さはなく独特な香りがする。

マドレーヌの風味づけにいいかもしれない。今度試してみようか。

「なんだ、甘くないのだな。香りは良いが期待した味ではなかった」

アデルバード殿下は甘さを期待していたようで残念そうに呟いた。彼は甘い物が好きなのだろうか。

「これでしたら、果物等をすりおろして混ぜてもいい味になるかと思います」

「それは良い案だな。次の機会に実践《じっせん》してみよう」

俺達が酒を飲むのをラザフォード殿下は隣で眺めるだけだ。しかし興味深そうにはしている。

「俺も香りが気になるのですが……」

窺《うかが》うように言ったラザフォード殿下にアデルバード殿下はグラスを差し出し「嗅《か》ぐだけだぞ。王子が国の法を犯《おか》すなよ」と、まるで良い兄のように言う。

「本当だ、香りはいいですね。いつか俺も飲んでみたいです」

「お前が学園を卒業した時は、私が初めての酒に付き合ってやろう」

「……っ、ありがとうございます！　兄上！」

泣き出してしまいそうなほどに眉《まゆ》を下げて言うラザフォード殿下は、アデルバード殿下に構って貰えることに感激しているようだ。

政敵として対立していた二人が、ただの仲のいい兄弟のようにしていることは素直《すなお》に良かったと思える。王城で孤立《こりつ》し冷遇《れいぐう》も受けたことがあるラザフォード殿下に、同族意識のような同情がまったくないとは言えないのだから。

それでもシンシアのことに関して譲るつもりはないが。

「酔《よ》いというものを感じるまでは飲んでみたい。だがそれではラザフォードが退屈《たいくつ》するだろう。だからゲームをしながら酒を飲もう。ゲームのために頭を使うのが億劫《おっくう》になれば酔った証拠《しょうこ》にもなり、酒を止《や》める判断もつきやすい」

グラスを返して貰いながらアデルバード殿下が提案した。

ゲームと言っても、この部屋にはチェスやカードはないようだが。「どんなゲームですか？」と尋《たず》ねると、アデルバード殿下は少ない酒を飲み干しグラスを置いた。俺も同じようにする。

「外交に役立てるため、様々な国のゲームを学んでいるのだが、その中に〝今まで一度もしたことがないゲーム〟というものがある」

「アデルバード殿下が未経験のゲームという意味ですか？」

「そういう意味ではなく、お互いに今まで一度も経験したことがないことを発言していくゲームだ。発言者が未経験だと言ったことを自分が経験したことがあれば酒を飲まなければならない。たとえばラザフォードが『酒を飲んだことがない』と言えば、酒を飲んだことがある私達は罰《ばつ》ゲームとしてラム酒を飲むというゲームだ」

「自分が未経験で相手が経験のありそうなことを言っていくゲームということですね」

「そうだ。しかし酒を飲めないラザフォードはポイント制にする。五ポイントたまった時は罰ゲームだ。この宿の裏手にある林に大きな木があったから、それに登ってもらう」

「俺だけ罰ゲームが酷《ひど》くありませんか⁉」

「負けるのが怖《こわ》いというなら止めてもいい。お前は昔から臆病《おくびょう》だからな、しかたない」

「……なっ。……臆病者ではないので……やります」

このやり取りで、ラザフォード殿下が兄にどう扱われているかがよく解る。

「では始めよう。私から始めるから次はシライヤ、そしてラザフォードの順だ。では発言する。私はドレッサージュ大会で優勝したことがない」

そうやって攻《せ》めるのか。納得《なっとく》した俺はグラスに一口分の酒を注いで飲んだ。

「では次に俺が。俺は獣の耳が生えたことはありません」

「ふっ……。上手いな」

笑いながらアデルバード殿下も一口分を注いで飲み干した。次はラザフォード殿下の番。

「俺は、婚約をしたことがない」

自分とアデルバード殿下のグラスに一口分を注いでともに飲み干した。

そうやってゲームを進行していくが、ラザフォード殿下の発言はどこか女性関係のことばかりだ。〝ドレスを用意したことがない〟だとか〝女性にカードを送ったことがない〟だとか……。俺と同じように、シンシアのことが頭から離《はな》れないのだと解る。

ざわつく心のまま、俺はラザフォード殿下に狙《ねら》いを定めたような発言をする。〝神聖国に行ったことがない〟だとか〝兄と遊んだことがない〟だとか〝髪《かみ》を腰《こし》まで伸《の》ばしたことがない〟だとか。

俺のせいであっという間に五ポイントたまったラザフォード殿下は怒《いか》りを燃やした顔で悔《くや》しそうに睨んできたが、ゲームのルールどおりにしただけだと解ってもいるようで罵声《ばせい》は向けられなかった。

外も暗く危険なため、ラザフォード殿下の木登りは明日に繰《く》り越《こ》しとなった。罰ゲームを重ねるのも憐《あわ》れだということでラザフォード殿下はいったんゲームからおろされた。本人の希望があれば追加の罰ゲームを自ら提案して参加できる。

アデルバード殿下の発言はラザフォード殿下が抜《ぬ》ける前から俺を狙ったものが多い。〝学園でトップの成績を取ったことがない〟だとか〝婚約者の両親から名前で呼ばれたことがない〟だとか〝婚約者にプロポーズしたことがない〟だとか……。

「婚約の時にプロポーズされなかったのですか？」

酒を飲み干してからつい尋ねてしまう。婚約する時には、相手へ結婚《けっこん》してほしいことを伝えるものではないのだろうか。

「シライヤとシンシア嬢は純粋《じゅんすい》な恋愛《れんあい》をしたあとでの婚約だからな。不思議に思うのだろうが、貴族の婚約は親が整えることが多い。私も自らエステリーゼを選んだ訳ではなく、王家とグリディモア公爵《こうしゃく》家が政略的に整えた婚約だ。ある日突然お互いを婚約者として扱うように通達され、それで終わりだ」

「……そうですか。しかし、アデルバード殿下とグリディモア公爵令嬢はお互いを想《おも》い合っておられますよね」

「政略的なものであるからこそ、相手と上手くやろうと努力することは必要だ。エステリーゼも私も心構えはできている。お互いがそう思うのであれば愛を育むのに支障はなかった」

「なるほど……。俺は政略で婚約をしたことがない」

アデルバード殿下が一口分の酒を飲み干すのを眺めながら、エディという男が愚《おろ》かで良かったと考える。

あの男が心構えのある男であったら、シンシアはきっと他の男に目を向けることもなく一途《いちず》に愛し抜いたのだろう。

俺に幸運をつかむ機会は与《あた》えられなかったに違《ちが》いない。あの日あの場所でシンシアに見つけて貰えて、俺はきっと世界で一番幸福な男だ。

シンシアと婚約できたというこの世で最大の幸運を喜んでいると自然と頬《ほお》が熱くなる。

「なんだシライヤ。顔が赤いが、もう酔いがまわってきたか？　しかたない、少し手加減してやろう」

頬が赤くなったのならそれはシンシアのことを考えたせいなのだが、相手が手加減をしてくれるというなら断る必要もないので黙《だま》って受け入れる。

「私は婚約者と抱《だ》きしめ合ったことはない」

手加減してくれると言ったわりに、それは既《すで》に経験済みだ。酒をグラスへ注いだ。

「何……？　待て、私は婚約者と抱きしめ合ったことはないと言ったのだぞ」

信じられないものを見るような視線を送られながら、発言の確認《かくにん》をされた。

「兄上、この男は昨日も廊下《ろうか》でシンシア嬢に手を出していました。破廉恥《はれんち》な奴《やつ》め」

そういえばアデルバード殿下の前でシンシアと過剰《かじょう》な接触《せっしょく》をしたことはなかった。王族に対して礼儀を見せようとすると姿勢を正してしまうから、そうする暇《ひま》もないとも言うが。

ラザフォード殿下に目撃《もくげき》されたのは偶然鉢合《ぐうぜんはちあ》わせしただけであるし。

「シンシアがよく俺に抱きついてくれるので、俺も少しずつ慣れてきました。愛《いと》しい人と抱きしめ合うのは良いものですよ」

ラザフォード殿下への牽制《けんせい》と惚気《のろけ》も含《ふく》めて自慢げに言い、酒を一口飲み干す。

解りやすいほど素直に嫉妬《しっと》で顔を歪《ゆが》めたラザフォード殿下を見て、アデルバード殿下が彼をからかいたがる気持ちが少しだけ解った気がする。

「……私は、婚約者とエスコート以外で手を繋《つな》いだこともない」

飲み終えたグラスを置こうとした時、なぜかアデルバード殿下がそう言いながら酒を注《つ》ぎ足《た》してきた。

「……あの、俺の番なのでは」

何が始まってしまったのだろう。言われるがまま酒を飲み干すと、また注ぎ足される。

「婚約者と二人きりで旅行をしたこともない」

俺だってまだそれは完遂《かんすい》していないのだが。しかしアデルバード殿下から圧のようなものを感じて酒を飲み干した。

「まさか、シンシア嬢と同じベッドに入ったことは……ないだろうな？」

恐《おそ》ろしいことに直面でもしたようにアデルバード殿下は酒瓶を握《にぎ》りしめ言った。その隣でラザフォード殿下も顔を真っ青にして「まさかそんなっ!?」と、身を乗り出す。

「……いえ、ご想像のようなことは流石《さすが》にありませんが、子爵家で保護された時に俺を慰《なぐさ》めるため、シンシアが同じベッドで横になってくれたことなら」

本当に酔ってきたのか思考が鈍《にぶ》くなりつい正直に答えてしまった。酒をまた注ぎ足され、素直に答える必要はなかったかと後悔《こうかい》する。

「くそ……っ、俺が先にシンシア嬢と出会ってさえいればっ」

ラザフォード殿下が非常に悔しそうに打ちひしがれているので、やはりいいかと思い直して酒を飲んだ。

「お前は純朴《じゅんぼく》な男だと思っていたが、そこまで関係を進めていたとはな。当然キスもしたのだろう。私の方が奥手《おくて》な男であったなんて気づきたくなかったよ」

「いいから飲め」

そう言ってまた酒を注ぎ足そうとしてくるので、グラスを除《よ》けて慌《あわ》てて否定の言葉を向ける。

「そこまではしていません！」

「抱きしめ合い、同じベッドで横になるまでしてキスはまだなのか？　まあいい」

信用していないような言い方をしたあと、アデルバード殿下は自分のグラスへ酒を注いだ。一口で終わる量ではなさそうだ。

それをゴクゴクと喉《のど》を鳴らして飲むアデルバード殿下へ、ラザフォード殿下が心配そうに「兄上、大丈夫《だいじょうぶ》ですか？　いきなりそんなに……」と声をかけている。

強い酒だ。喉が焼ける感覚があるだろうに無茶をする。

飲みきったアデルバード殿下はグラスをタンッと勢いよく畳《たたみ》に置き、普段《ふだん》の彼に似合わない言葉を口にした。

「私だって、エステリーゼと愛し合いたいと思っている！」

酒の席でなければアデルバード殿下からこんな話をされることはなかっただろう。あまり感情を表に出さない彼だが、普通《ふつう》の人間のように溜《た》め込んでいるものはあるということか。

「恥じらう気持ちは理解できます。俺もシンシアを前にすると触《ふ》れてはいけないほどに神聖な存在を前にしたかのようで、俺なんかが触れてもいいのかといつも悩《なや》みます」

俺もグラスを畳に置き、膝《ひざ》を抱《かか》えながら普段よりも饒舌《じょうぜつ》に語る。なるほど、酒とはこういうものか。今なら恥ずかしいことをなんでも言ってしまえそうで、シンシアの前では飲まない方がいいだろうかと考える。

「なら一生触れなければいい」

不機嫌そうに言うラザフォード殿下は無視してアデルバード殿下に言葉を続けた。

「抱きしめるのは難しくとも、手を繋ぐくらいはできませんか？　グリディモア公爵令嬢もそのくらいなら拒絶《きょぜつ》なさらないでしょう」

「そう……、だな。しかし礼節のない男だとエステリーゼに思われたくない」

「そんな風に思うでしょうか？　少なくとも普段の所作は上品に見えますので、手を繋ぎたいと告げたくらいでマナーのなっていない男という烙印《らくいん》を押されることはないのでは」

「いやだめだ。私は既にエステリーゼに対して一度失敗をしている。二度目は許されない」

「失敗とは……」

尋ねるとアデルバード殿下は腕《うで》を組み昔話を始める。

「あれは私が自分のことを『俺』と言い、ラザフォードが『僕』と言っていたほど昔のことだ……」

「兄上っ！　俺の過去はシライヤに教えなくてもいいですから……っ」

それがどれほど昔のことなのか俺には解らないが、ラザフォード殿下が『僕』と言うならとにかく幼い頃の話なのだろう。

「私の婚約者となったエステリーゼに『お前は王太子になる俺の女として相応《ふさわ》しいのか』というようなことを言ってしまった」

「……酷いですね」

思わず口を挟《はさ》むと、アデルバード殿下は「解っている」と眉を寄せて答える。

「エステリーゼは驚いたように言葉をなくしたのち涙《なみだ》をいくつも流した。それでも毅然《きぜん》として言ったのだ。『必ずお支えできる淑女《しゅくじょ》となってみせます』と。その姿のなんと立派だったことか。幼い子が突然酷い言葉をかけられ恐ろしかっただろうに、私への礼節を忘れず泣きながらも懸命《けんめい》に失礼な男へ挑《いど》む。対して私はどうだ？　王太子になる男だと驕《おご》っておきながら礼儀正《れいぎただ》しい挨拶《あいさつ》の一つもできない。私は己《おのれ》を恥じた。あれは人生で最大の失敗であった。二度と同じようなことが起こってはならない」

「そのようなことが……。そして、グリディモア公爵令嬢への礼節を気にするがあまり、エスコート以外で触れられなくなってしまったと」

「そのとおりだ。淑女の身体にみだりに触れるのは紳士《しんし》として恥ずべきこと。だが本当は、エステリーゼに触れたい。触れ合って愛情を確かめたい……」

最後の方は絞《しぼ》り出《だ》すように声量が小さくなっていく。獣の耳も悲しげに伏《ふ》せられた。アデルバード殿下は尻尾で感情が知られてしまうことを気にしていたが、獣の耳もよく見れば感情の動きに合わせて動いてしまっている。

婚約者への強い想いがそうさせるのかと思うと人事ではないような気がして胸に響《ひび》くものがあった。

「グリディモア公爵令嬢にお尋ねになってはいかがでしょうか」

「拒絶されたら……」

「拒絶されないことが重要なのではなく、愛する人が何を嫌《きら》い何を好むのかを知ろうとして尊重することの方が大切なのだと思います」

「なんだシライヤ。案外強いことを言う男だったのだな」

「いえ……、強いのは俺ではなく」

言葉を句切り、強く勇敢《ゆうかん》なシンシアを思いながら熱くなる胸を押さえた。

「シンシアがそうしてくれるのです。彼女がキスをしたいと願ってくれるのに、俺はそれを断って結婚式《けっこんしき》でしたいと贅沢《ぜいたく》な願いを口にしている。断るなんて、かつて肉親にも許されなかったことなのにシンシアは俺の気持ちを受け入れ大切にしてくれる。グリディモア公爵令嬢もきっと、アデルバード殿下に拒絶を尊重して貰えた時大切にされていると感じるのではないでしょうか」

「……そうだな、恐れるだけでは彼女の拒絶を許さないことと同義。多少の恥《はじ》をかいたとしても拒絶を聞き入れエステリーゼを尊重するための学びを得るべきか」

アデルバード殿下は重荷を下ろしたように息をつく。そして「明日、エステリーゼに話してみよう」と呟いた。

晴れ晴れとして見えるアデルバード殿下とは対照的に、ラザフォード殿下の顔色が優《すぐ》れない。

「シンシア嬢に愛されるお前が羨《うらや》ましい。彼女に愛して貰えたら……、きっと俺は間違《まちが》えないのに……」

間違えないとは？

なんの話をしているのだろうかと思っているうちに、彼は一人自分の布団へ戻って頭まで潜《もぐ》り込んでしまった。

7話 届いた荷物には

「エステリーゼ様！　今日は頑張《がんば》りましょうね！」

「はい、シンシアさん！　必ずやり遂《と》げてみせますわ！」

いよいよエステリーゼ様とアデルバード殿下《でんか》のイチャイチャ作戦開始である。

作戦とはいっても狡猾《こうかつ》な罠《わな》を仕込んだりするようなものではなく、お二人がイチャイチャしやすいように場を整えエステリーゼ様が少し勇気を出す、というごくシンプルなものなのだが。

「では朝食が終わったら殿下達の客室へ行って皆《みな》で雑談をしつつ、いい空気になったら私がシライヤとラザフォード殿下を連れて出ますので……」

そこまで話した時、私達の客室の戸がノックされた。

「お嬢様《じょうさま》、旦那《だんな》様と奥様からお荷物が届きました」

荷物が来る予定はなかったのだが、いったいなんだろうか。

大きな箱の荷物を客室に入れて貰《もら》い、既《すで》に近衛《このえ》の検閲《けんえつ》が入り開封《かいふう》された荷物の蓋《ふた》を開ける。

「これは……！」

中にギッシリと詰《つ》まっていたのは、動物をモチーフにした仮装グッズだった。

✦

「ルドラン子爵領《ししゃくりょう》の主要市場にて動物の仮装祭りが開催《かいさい》される……と」

「はい。ルドラン子爵領では観光客に向けて、ほぼ毎月なんらかの祭りが開催されるのですが、本日から二週間開催予定だった花火大会を急遽《きゅうきょ》動物をテーマにした仮装祭りに変《へん》更《こう》するそうです」

荷物の中身を皆にも見て貰うため、男性メンバー達を私達の客室まで呼んだ。

突然《とつぜん》届いた荷物には動物の耳のついたカチューシャやリボン、帽子《ぼうし》や尻尾《しっぽ》のアクセサリーに柔《やわ》らかい爪《つめ》のついた手袋《てぶくろ》、そして動物の顔を模したものやシンプルな仮面がいくつか入っていた。

「手紙にはそれだけしか記されていませんが、これはおそらく……」

突然決定し性急すぎるほど素早《すばや》く内容の変更を進められた祭りだが、十中八九アデルバード殿下をお護《まも》りするためのものだろう。

もしもアデルバード殿下が獣《けもの》の耳を見られるようなことがあっても、近くで開催されている祭りにちなんでふざけていただけだと言い訳できるように。

荷物の中から兎《うさぎ》の耳を取り出しながら、アデルバード殿下は関心したように続けた。

「ルドラン子爵の配慮《はいりょ》には痛み入るな。荷物が届く時間を考えたとしても、ルドラン子爵が私の事情を知りここまでの準備をするために費《つい》やしたのはたったの三週間程度か。それだけの短期間で祭りの内容変更にまで漕《こ》ぎ着《つ》けるとは、いったいどれだけの手腕《しゅわん》を持った御仁《ごじん》なのか。子爵でありながら高位貴族に匹敵《ひってき》する財力を築き上げただけのことはある」

アデルバード殿下もこの祭りの真意に気づいている。父を褒《ほ》められ私も鼻が高い。

事情を知っているのは父だけのようだが、きっと母も協力してくれただろう。両親が力を合わせると、できないことはないような気がしてくるから不思議だ。

「父をお褒めに与《あずか》り光栄です。集結している商人達も手慣れたものですので彼らの力にも助けられたのでしょう。もちろん、ここまでの短期間で祭りの内容を変更したのはこれが初めてですので父の底力には娘《むすめ》の私も驚《おどろ》きました」

ルドラン子爵領の人々が皆で仮装をしてくれなければこの祭りの意味がない。ということは商人達も動物の仮装グッズを持って続々と集結しているはずだ。

領地内にもいくつかある仕立屋はこぞって仮装グッズを製作してくれているだろうし、観光客にも参加して貰うため、ありとあらゆる温泉宿で宣伝と仮装グッズの販売《はんばい》が行われているのだろう。

急な変更を通達しても領民が最大限に応えてくれるのは、父が正しく領地を治めている証拠《しょうこ》だ。家族の立派な姿を披露《ひろう》できたことに喜びを抱《いだ》いていると、シライヤもまた身内のことのように頬《ほお》を染めた笑顔《えがお》で言った。

「祭りは領民達に余力がなければ開催できない。お義父《とう》さんとお義母《かあ》さんが全ての領民の生活に寄《よ》り添《そ》った領地経営を進めているから皆が豊かになり領主の願いにも応えてくれる。手の届く全ての者達に愛情深いお二人にいつも学ぶことばかりだ」

「ええそうですね、シライヤ」

一緒《いっしょ》に誇《ほこ》らしく思ってくれるシライヤが嬉《うれ》しくて、そっと彼の腕《うで》へ両手を絡《から》ませる。シライヤもそれに応えて私の手に触《ふ》れてくれた。

結婚《けっこん》はまだだとしても、私達はもう家族なのだ。

そうしてシライヤと愛を確かめ合っていると、エステリーゼ様の熱い視線を感じた。頬を両手で押さえ赤くなっている。シライヤと私の姿を見てこれから決行するアデルバード殿下とのイチャイチャ作戦を想像したのだろうか。可愛《かわい》らしい人だ。

よくよく見ると、アデルバード殿下も熱心な視線を私達に送ってきているような。逆にラザフォード殿下は不機嫌《ふきげん》そうに視線を逸《そ》らしている。いったいなんだというのか。

とにかくエステリーゼ様のためにもそろそろ事を運ばないと。

「父がこの仮装グッズを送ってくれたのは偽装《ぎそう》工作のためでしょう。私達が祭りに参加することはないでしょうから、空いている客室にでもしまっておきますね。そろそろ朝食の時間ですが食べ終わったら皆でボードゲームでも……」

「いや、祭りに参加しようじゃないか」

私の言葉を遮《さえぎ》るように言ったのはアデルバード殿下だ。

それはつまり王太子であるアデルバード殿下が街中を歩くということになってしまう。

アデルバード殿下が行くなら当然エステリーゼ様も行くだろうしラザフォード殿下も行きたがるだろう。三人を放っておけない私がついて行くと言えばシライヤまで行く。

私は例外としても高位貴族が四人も街中に行くというのか。しかも内二人は王族だ。

「街に行くなんて大丈夫《だいじょうぶ》ですか……？」

驚きのまま言うとアデルバード殿下は兎の耳を手の中で弄《もてあそ》びながら続けた。

「我々王族というのは、平民の姿に変装して城下を見に行くことが希《まれ》にある。同じく変装させた近衛を引き連れ彼らから離《はな》れず安全に見て回るのが条件であるため、好き勝手に動ける訳ではないが十分楽しめる」

「そんなことをなさっていたのですか」

「公務としての視察では、民《たみ》達は取《と》り繕《つくろ》った美しいところしか見せないからな。彼らの真実の生活を知るには必要なことでもある」

ふとアデルバード殿下は兎の耳を持ったままエステリーゼ様に近づいた。藤色《ふじいろ》の髪《かみ》に静かに兎の耳をつける。

あまり接触《せっしょく》はなかったようだが、それでもこれはかなり凄《すご》いことをしたのではないだろうか。エステリーゼ様が瞳《ひとみ》を大きく開いてアデルバード殿下を見上げた。

「可愛いよ、エステリーゼ。私とともに祭りへ行ってくれないだろうか？」

「……アデルバード。……はい、もちろんですわ」

恥《は》じらいながらも嬉しそうに返事をするエステリーゼ様。アデルバード殿下も頬を染めていて、あんな顔は初めて見た。

なんて初々《ういうい》しく愛らしい恋人《こいびと》達だろう。二人のデートをなんとしても支えてあげたい気持ちが湧《わ》き上《あ》がって、次の瞬間《しゅんかん》には「皆で行きましょう！」と叫《さけ》んでしまったのだった。


近衛に祭りの様子を見てきて貰ったが、仮装して参加している者達はちらほらくらいはいるらしい。まだ始まったばかりだからその程度なのだろう。当初の予定どおり夜には花火もあるらしく、その時間になったらもっと増えるかもしれない。

アデルバード殿下は目元を隠す仮面だけをつけて仮装を終えたが、念のためフードつきのマントは羽織っていくようだ。

エステリーゼ様は兎、ラザフォード殿下は熊。

熊耳というのは解《わか》りづらくて「ねずみですか？」と尋《たず》ねたら「熊だ熊！　勇猛果敢《ゆうもうかかん》な逞《たくま》しい熊だ！　俺のように！」と怒《おこ》られてしまった。ラザフォード殿下は勇猛果敢な逞しさに憧《あこが》れる年齢《ねんれい》の少年なのだ。

祭りへともに行く護衛は事情を知っているアデルバード殿下の子飼いの彼と近衛二人。ラザフォード殿下の近衛が一人。そしてエステリーゼ様の護衛が一人となった。

大所帯となったが、これでもかなり人数を絞《しぼ》った方だ。彼らも街で目立たない服に着替《きが》えつつ、動物の仮装をする。

肝心《かんじん》のシライヤだが「シンシアが選んでくれないか」と言うので、真剣《しんけん》に考《かんが》え抜《ぬ》いた結果犬耳をつけてもらった。

「ふふ、可愛い」

屈《かが》んで私に犬耳をつけられたシライヤが人懐《ひとなつ》っこい大きな犬に思えて頭をよしよしと撫《な》でる。シライヤは大人しく私に撫でられ嬉しそうに頬を染めてくれた。そんな私達の間に割って入るようにラザフォード殿下が口を挟《はさ》む。

「こんなに身体《からだ》のでかい男に向かって可愛いはないだろう」

「シライヤはとても可愛いのですよ。こんなに可愛い大きなわんちゃんなら本当に飼ってみたいです」

「シンシアになら飼われてもいい。鎖《くさり》で繋《つな》がれて部屋に閉じ込められても、シンシアがしてくれるなら幸せだろうな」

うっとりとした顔で言われハッと息を呑《の》む。

「そ、そんなことしませんよっ！　一緒に色んな所に行きましょうね」

ヤンデレの片鱗《へんりん》が見えてしまったので慌《あわ》てて軌道《きどう》修正をした。危なかった。平和すぎて忘れてしまいそうになるが油断してはならない。

彼はヤンデレキャラになる素質を持っているのだ。

「シンシアが望むならどこまでも。貴女《あなた》の願いを全て叶《かな》える従順な犬になるよ」

まだ少し怪《あや》しいが立て直せたと思う。

さっきの発言だってシライヤがかつて公爵《こうしゃく》家で虐《しいた》げられてきたせいだろう。

それならば私はこれからも油断することなくシライヤに惜《お》しみない愛情を注いで傷ついた彼の心を癒《い》やし、二人でいつまでも広い空の下で生きていけるように努力する。

「……ふん。適当なことを言ってシンシア嬢《じょう》の気を引きたいだけだろう。ならばシンシア嬢が死ねと言えば死ぬのかお前は」

「シンシアのためなら死ぬくらい簡単だ」

「そんなこと言いませんからね⁉」

せっかく立て直したのだから余計なことを言わないでほしい。私に対しては素直《すなお》になったように見えるラザフォード殿下だが、シライヤには未《いま》だに噛《か》みつくような態度を改めない。

名前を呼ぶ許可を与《あた》えたといっても彼らの仲は非常に悪いままだ。

「私も自分の仮装を選ばないといけませんね。どれにしましょう……」

仮装グッズの入った箱を覗《のぞ》き込みながら言うと、仲が悪いはずの二人が「「これだ！」」と、声を合わせて同時に同じカチューシャを持ち上げた。白い翼《つばさ》と赤い鶏冠《けいかん》がついている。

「私のイメージって鶏《にわとり》ですか⁉」

「「天使だ！」」

また言葉を揃《そろ》えて言われる。

二人は仲が悪いだけで息はピッタリなのだろうか。

渡《わた》されたカチューシャは天使ではなくどう見ても鶏なのだが、赤い鶏冠と私の赤い髪がよく似合いそうなので、まあいいかと大人しく頭から翼を生やすことにした。

8話 友との思い出

「思ったよりも盛況《せいきょう》ですね！」

ルドラン子爵領《ししゃくりょう》で一番の活気を誇《ほこ》る市場。そこでは近衛《このえ》から聞いて想像したよりもずっと賑《にぎ》やかな祭りが開催《かいさい》されていた。

仮装グッズだけを売る屋台も出ていて、中にはクオリティが高い店もある。

これならアデルバード殿下《でんか》の猫耳《ねこみみ》が人々に知られてもごまかせそうだ。初日でこれなのだから、あと数日も経《た》てば着ぐるみを開発して売る店まで出てくるのでは……。

それはそれで面白《おもしろ》そうだ。この祭りが終わってもマスコットキャラクターを作って着ぐるみで観光客を呼び込むというのはどうだろう。ルドラン子爵領といえば蜂蜜《はちみつ》なのだから、蜂のキャラクターがいいだろうか。

着ぐるみのことを一生懸命《いっしょうけんめい》考えていると屋台を眺《なが》めながらアデルバード殿下が言った。

「甘い物を売る店が多いな。ルドラン子爵領の蜂蜜が使われている物が気になる」

「アデルバード、甘い物を食べ過ぎてはいけませんよ。今日は甘い物は三つまでにしてくださいね」

「三つか……、少ないな。真剣《しんけん》に選ばなければ」

少なくないと思うのだが、エステリーゼ様に言われたアデルバード殿下は残念そうに言って悩《なや》ましげに屋台を見比べている。

甘い物好きなのだろうか。

恋愛《れんあい》アプリゲームの中では対立するシライヤとアデルバード殿下だが、辛《から》い物好きのシライヤと甘い物好きのアデルバード殿下は味覚の面でも正反対のようだ。

「兄上、でしたらシンシア嬢《じょう》に選んで貰《もら》いましょう。領主の娘《むすめ》なのですから」

「そうだな。シンシア嬢、君のおすすめを教えてくれないか」

「食べ歩きならゴミが少ない方がいいですね。ピザはいかがですか？　チーズと蜂蜜をかけたピザが美味《おい》しいですよ」

「よし、ではそれを」

アデルバード殿下が言うとすぐに子飼いの彼が動いた。この短時間で全ての店を把握《はあく》したのか歩みに迷いがない。

護衛は近衛達に任せて、雑用のようなことは彼が担当するようだ。

子飼いの彼がピザを買いに行った屋台もそうだが、建ち並ぶ屋台と飲食店には〝獣《けもの》の仮装をしているお客様には割引します〟といった宣伝文句が掲《かか》げられている。

突然《とつぜん》始まった仮装祭りで少しでも多くの参加者に仮装をして貰うための作戦だろう。割引は領主負担か店舗《てんぽ》にとってなんらかの優遇措置《ゆうぐうそち》があるはずだ。祭りを確実に盛り上げるための案がそこかしこにちりばめられていて両親の手腕《しゅわん》をひしひしと感じる。

両親のことを自慢《じまん》に思っていると、子飼いの彼が六人分に切り分けられたピザを持って帰ってきた。

「ありがとうございます」

そう言って受け取ろうとしたが子飼いの彼は「お待ちください」と言って先に一切れを取り上げて自分の口へ運んだ。彼が咀嚼《そしゃく》し飲み込むまで待たされようやく「どうぞ」と、ピザを差し出される。

「毒見ですか……」

一切れ受け取りながら言うと、アデルバード殿下も受け取りながら言った。

「本来であれば毒見役が食べたあと少し時間をおくのだが、今日はそれをすると目立つからな。焼きたてを食べられるのが嬉《うれ》しいよ」

なるほど、食事がこんな風に厳重ならアデルバード殿下を毒で失脚《しっきゃく》させるのは難しい。

だからこそ期間限定イベント……呪《のろ》いの本に頼《たよ》った人物がいるのかもしれない。

もちろんそれは一つの可能性というだけで、単に私がゲームの進行を乱したせいでこの世界がおかしなことになり猫耳が生えてしまったのかもしれず、真犯人なんていないのかもしれないが。

ピザを売る店舗の前で営業する屋台のピザは、外にある店の焼き窯《がま》で焼いたばかりのできたてだ。生地《きじ》の香《こう》ばしい匂《にお》いを感じながら、蜂蜜の甘さと少ししょっぱく感じるチーズを堪能《たんのう》した。

他の皆《みな》もすぐに食べ終わり満足そうにしていたが、シライヤだけは半分ほど食べたあとからなかなか進まない。

彼は甘い物があまり得意ではないのだ。蜂蜜もそれほど多くは食べられない。

「シライヤ、それ以上は難しいですか？」

尋《たず》ねるとシライヤは「いや……、なんとか食べきるよ」と返したが、きっと彼にとっては甘すぎたのだろう。

時間をかければ食べられるかもしれないが、好きではない食べ物をずっと持たせているのは可哀想《かわいそう》だ。

「ルドラン子爵領の名産が蜂蜜だって知ってるよな。食べられないなんて、婚約者《こんやくしゃ》として失格じゃないのか？　俺は蜂蜜大好きだけどな！」

なぜか得意げに言う態のラザフォード殿下。

彼は蜂蜜が好きなのか。今の格好ともベストマッチだ。アデルバード殿下も甘い物が好きだと言うし今度ルドラン子爵領で採れた蜂蜜を王城へ献上《けんじょう》しよう。

「いいのですよ。人には苦手なものなんていくらでもあるのですから」

「しかし、ルドラン子爵領の蜂蜜を出されて完食できないなんて、たしかに婚約者として情けない」

「大丈夫《だいじょうぶ》ですよ。だってこれからは私がずっと隣《となり》にいるんですから。シライヤの苦手なものは私が食べます」

シライヤへ近づいて、今から言おうとしていることを少しだけ恥《は》ずかしいと思いつつ頬《ほお》を熱くさせたが、それよりもシライヤとのイチャイチャを楽しみたくて迷わず言葉を続けた。

「食べさせてくれますか？」

「……うっ」

シライヤは顔を真っ赤にさせて肩《かた》をすくめたが、やがて唇《くちびる》を噛《か》みながらゆっくり私の口元へピザを差し出した。

一口食べて二口食べて……シライヤの分のピザを食べ終わると、彼は恥ずかしそうに笑い「ありがとう」と言う。

「は……っ！　破廉恥《はれんち》め！」

ラザフォード殿下はシライヤよりも更《さら》に顔を真っ赤にして言った。少年には刺激《しげき》が強すぎただろうか。

アデルバード殿下は涼《すず》しい顔でこちらを見ていたが、エステリーゼ様も顔が赤い。私達がこれだけ濃厚《のうこう》なイチャイチャを披露《ひろう》したのだから、手を繋《つな》ぎたいと言うくらい簡単になったのではないだろうか。

視線だけで「次はエステリーゼ様の番ですよ！」と伝えると、エステリーゼ様は決意したように強く頷《うなず》いた。

「……アデルバードッ、手を繋ぎ――」

しかし決意とは裏腹にアデルバード殿下を呼ぶ声はかなり小さい。私のように注意して聞いていなければ、祭りの喧噪《けんそう》に簡単に流されてしまう。

やはり声が届かなかったのかアデルバード殿下はスッと別の方向を向いてしまい、エステリーゼ様は酷《ひど》く落胆《らくたん》したように肩を落とした。

「あの催《もよお》しを見に行こう。面白そうだ」

アデルバード殿下が視線を向けた先では、市場のひらけた場所に動物の仮装をした人達が集まって楽器を弾《ひ》き踊《おど》っている。

大丈夫、一度失敗しても次がある。エステリーゼ様を励《はげ》まそうかと思った時、アデルバード殿下がエステリーゼ様へ向き直って言った。

「エステリーゼ。手を繋いでもいいだろうか」

息を呑《の》んで驚《おどろ》くエステリーゼ様と一緒《いっしょ》に私も驚く。さっきのが聞こえていた訳ではないだろうに、アデルバード殿下の方から言うとは思わなかった。

「嫌《いや》なら断ってくれて構わない。君の意思を尊重する。しかし許して貰えるなら、これからも君に触《ふ》れたい。公務の触れ合いではなく、お互《たが》いのためだけの触れ合いをしたいと願っている」

「アデルバード……！」

心配する必要なんてなかった。エステリーゼ様が触れたいと思うように、アデルバード殿下もそう思っていた。お二人は同じ気持ちだったのだ。

「もちろんです……。これからはもっとお互いのためだけに……」

エステリーゼ様が手を差し出すとアデルバード殿下がその手を取る。

「エステリーゼ……。ありがとう……」

そう言うアデルバード殿下は幸せそうで、作ったような微笑《ほほえ》みではなく頬を染めた心からの笑顔《えがお》をエステリーゼ様に向けている。

邪魔《じゃま》にならないようにお二人が手を繋いで歩き出すのを静かに見守ったあと、シライヤの手を取った。

「私達も行きましょう」

「あぁ」

握《にぎ》り返すようにしてくれたシライヤとともに陽気な音楽を奏《かな》でる人々の所へ向かった。

貴族のするダンスとは違《ちが》う庶民《しょみん》的な踊りは私達にとって珍《めずら》しく面白い。

自由に参加してもいいようだったので周りの真似《まね》をしながらシライヤと踊る。アデルバード殿下とエステリーゼ様も公務としてのダンスではなく、お互いのための踊りを楽しんだ。

ラザフォード殿下は思春期の少年らしく踊るのを恥ずかしがっていたが、せっかく来たのに勿体《もったい》ないと私が輪の中まで引っ張ると、ぎこちなくも踊って笑顔を見せていた。

そうやって私達は、仮面のせいで顔も解《わか》らない知らない人々の輪の中で歌って踊って賑やかに楽しんだのだった。

祭りには人気のサーカスも来ていたし、動物のぬいぐるみを売る店はとても可愛《かわい》らしかったし、マリオネットを使った動物の人形劇は子どもだましと侮《あなど》れないストーリーの奥深《おくぶか》さがあった。

甘い物だけではなく食事も美味しくいくらでも楽しめそうだったが時間は過ぎるものだ。

「もうすぐ日が落ちますね。暗くなったら花火が上がって今日のお祭りは終わりです」

赤くなってきた空を眺めながら、物悲しいような気持ちで言う。祭りは二週間も開催されるが、このメンバーでまたこうして祭りを楽しむなんてできない気がした。

「最後にあれをやろう」

アデルバード殿下が視線を向けて言ったのは輪投げ。輪を景品に投げ、見事はまったらその景品が貰えるという出し物なのだが、輪に即席《そくせき》で作ったような白い翼《つばさ》と赤い鶏冠《けいかん》がついている。鶏《にわとり》を模しているようだ……。祭りの急なテーマ変更《へんこう》に対応した結果こうなったのだろうか。

「シンシアの輪投げか……」

「違いますよ、シライヤ」

ぼそりと呟《つぶや》いたシライヤにつっこみを入れておいて、アデルバード殿下へ言葉を返した。

「いいですね、上手《うま》く景品が取れたら今日の思い出の品も手に入りますし」

「シンシアはどれが欲《ほ》しいんだ？」

私が乗り気で言うとシライヤがそう尋ねてくる。きっと私のために取ってくれるのだろう。彼はそういう人だ。

「そうですね……。小さなぬいぐるみも可愛いですが、あの指輪も可愛いですね」

「指輪か……」

指し示した指輪は子ども用の玩具《おもちゃ》で、星の形の装飾《そうしょく》がついている。

私達貴族がつけるにはチープすぎて普段使《ふだんづか》いも難しいだろうが、こういうのは思い出なのだから関係ない。

宝石箱にしまって、たまに眺めて今日の楽しい一日を思い出せればそれでいいのだ。

「待て、あれは私が取る。初めから目をつけていた」

しかし隣からアデルバード殿下が割り込むように言った。手には既《すで》に輪が握られている。早い……。エステリーゼ様に贈《おく》りたいのだろう。

「待ってください、兄上！　あれは俺が取ります！」

なぜかラザフォード殿下も参戦した。戦いを見ると参加したくなってしまう年頃《としごろ》なのだろう。

エルゼリアの王子二人と若き公爵《こうしゃく》が玩具の指輪を取り合う戦いが始まった。三人とも譲《ゆず》るつもりはないと熱く火花を散らす睨《にら》みを利《き》かせ、一斉《いっせい》に輪を投げる……！　と思ったが、輪は二つだけしか飛んでいなかった。一つ足りない。

「どうしました？　シライヤ」

シライヤは投げるような仕草をしただけで、その手にはまだ輪が握られていた。プルプルと輪を持つ腕《うで》を震《ふる》わせて、絞《しぼ》り出《だ》すように苦しげな声で答える。

「シンシアを投げるなんて……っ」

「私じゃありませんよ、シライヤ」

輪につけられた鶏のモチーフが私に見えてしまったらしい。とんでもない苦行でも味わっているように汗《あせ》を垂らし涙《なみだ》までにじませて、ようやく一つ投げたと思うとヘロヘロと足《あし》下《もと》に落ちる。

そうこうしているうちに、アデルバード殿下とラザフォード殿下の輪がいくつも投げられていき、お互いに輪をぶつけ合うような白熱した戦いの末、見事指輪を手にしたのはアデルバード殿下だった。さすがメインルートの攻略《こうりゃく》対象。こういった戦いには強い。

玩具の指輪を持って、エステリーゼ様の左手を取ったアデルバード殿下は「いいか？エステリーゼ」と尋ね、エステリーゼ様は嬉しそうに頷いた。

「小指にしか入りそうにないな」

子ども用の玩具なのだからしかたない。エステリーゼ様の小指に可愛らしい指輪がはめられて、それを大切そうに右手で覆《おお》った彼女は「大切にします」と幸せそうに言った。

王太子の婚約者には代々引《ひ》き継《つ》がれている指輪があり、いずれエステリーゼ様もその指輪をするのだろうが、星の指輪は彼女達だけの特別な指輪になっただろう。

そう思うとお二人の手に渡《わた》って良かったと思える。

「取れなくて残念だな……、思い出の品を贈りたかったのに。ふがいなくてすまない」

シライヤがまだ残っている輪を握りしめながら言う。これ以上シライヤに苦しい思いをさせるのは可哀想だったから、早々に決着がついてむしろ安心した。

「いいのですよ。私達はまたルドラン子爵領の祭りに来ることができるのですから。これからも沢山《たくさん》の思い出を作っていきましょうね」

「そうだな……。これから二人の長い未来があるんだな」

元気を取り戻《もど》したように言うシライヤと微笑み合っていると、後ろからラザフォード殿下の「なんだよ……」という小さな呟きが聞こえた。

振《ふ》り返《かえ》るとすねたように俯《うつむ》くラザフォード殿下がいる。

「シライヤ、まだ輪が残っているんですね。私がやってもいいですか？」

「あぁ、もちろん」

残った輪を貰って並べられた景品を眺める。

一番近い所にあった小さな景品に狙《ねら》いをつけて輪を投げた。簡単に取れたそれは、手の平に収まるサイズの小さなぬいぐるみだ。熊が蜂蜜の壺《つぼ》を持っている。ルドラン子爵領ではよく見かける土産《みやげ》品の一つで簡単に買えるからこそ一番近くに賑やかし目的で置かれていたのだろう。

「どうぞ」

小さなぬいぐるみをラザフォード殿下に渡すと彼は首を傾《かし》げた。

「なんで俺にぬいぐるみなんか……」

「熊繋がりで……。まぁ、いいじゃないですか。私達が友人になって初めての思い出ですから、記念品があったら楽しいでしょう」

「……貰っておく。ありがとう」

声色《こわいろ》は不満そうだが、ほんのりと頬を赤くして小さな熊を眺めるラザフォード殿下は嬉しそうに見えた。

私やシライヤと違って、王族であるラザフォード殿下はそれほど気軽にルドラン子爵領に遊びには来られないだろう。一つくらい形に残る思い出の品を持ち帰って貰えたら、少しだけ寂《さび》しさが紛《まぎ》れるような気がした。

そんなことを考えていた次の瞬間《しゅんかん》、人々の歓声《かんせい》が上がって背中から全身に衝撃《しょうげき》が伝わるような音が聞こえる。

魚料理を豊富に提供できるほど近い海で、花火の打ち上げが始まったのだ。距離《きょり》が近いだけあって音にも迫力《はくりょく》がある。

シライヤと一緒にしっかりと夜空を見上げて、二発目は打ち上がるところから弾《はじ》けて消えるところまで全てを見た。

「綺麗《きれい》」

「そうだな」

大きな音の合間に呟けばシライヤが言葉を返してくれる。これからもずっとこうやってシライヤが隣にいて、私が言った何げない一言にも言葉を返してくれるのだろう。

幸せな気持ちになっていると、私達のすぐ前で同じように夜空を見上げていたアデルバード殿下とエステリーゼ様がピッタリと寄り添《よそ》った。

今日一日だけでイチャイチャが上手になった二人。最初からお互いに触れ合いたいと思っていたのだから、苦労することもなかったのだろう。

良かったですね、エステリーゼ様。と心の中で呟いた時、二人はお互いの顔を見つめ合いそのまま自然に……キスをした。

「キ……ッ!!」

大声を上げそうになって慌《あわ》てて抑《おさ》え込む。今朝は手を繋ぐにも許可を求めなければいけない関係だったはずだが、今は視線を交《か》わし合うだけでキスができるほどにまで進展しているのか。

微笑ましい二人を見守るつもりが、これではシライヤと私よりも進んだ恋人《こいびと》関係になっているではないか。

自然と隣へ視線を向けたが、そこには両手で顔を覆うシライヤがいた。彼も見ていたのか。耳を真っ赤にして純情に恥じらうシライヤはとても可愛くて今日も恋をし直してしまうが、こんな調子で結婚式《けっこんしき》のキスができるのだろうかと苦笑《くしょう》する。

微笑ましい私の大切な恋人にそっと寄り添って、夜空で煌《きら》めく大輪の花火を見上げた。

9話 光と影（ラザフォード視点）

花火が上がると人々は一斉《いっせい》に夜空を見上げた。俺もしばらくは花火を楽しんでいたが、ふと気がついた。気がついてしまった。

夜空を見上げる人々の多くには恋人《こいびと》や家族といった大切な人が寄《よ》り添《そ》っていて、花火を見ながらも隣《となり》にある温《ぬく》もりを大切にしていた。

きっとそうでない人もいるのだろう。それでも幸せそうな人々しか俺の目には入ってこない。それは俺が幸せな人々を羨《うらや》んでいるからだ。

俺にはいない。花火を見ながらも俺を心の中心に置いてくれるような相手なんて、生まれてからずっといなかった。

暗くなった祭り会場で、屋台のわずかな灯《あか》りに浮《う》かび上《あ》がる赤い髪《かみ》を見つめた。花火が終わるまで、彼女が俺を見てくれることはない。

彼女が俺を見てくれたら……愛してくれたら、俺は間違《まちが》えないのに。

「殿下《でんか》、こちらへ」

俺の護衛として同伴《どうはん》した近衛《このえ》にそう耳打ちされる。

小さな熊のぬいぐるみを握《にぎ》りしめてから近衛の誘導《ゆうどう》する方へ歩き出した。

シンシア嬢《じょう》が俺に気づいてくれればと一度振《ふ》り返《かえ》ったが、シライヤと手を繋《つな》ぎ幸せそうに夜空を見上げていた。

羨ましい。あんな風に手を繋いで隣にいてくれる人がいたら、俺を引き止めてくれたかもしれないのに。

近衛の誘導のまま暗い路地裏に入ると一人の男が待っていた。見慣れた顔だ。帰した近衛の一人……。

「本は見つかったのかと、あのお方が……」

俺を責めるように睨《にら》み付《つ》けて言う男を、手の中にある熊を握り直しながら負けじと睨み付ける。

「まだだ。焦《あせ》らすな。兄上に怪《あや》しまれれば意味がないだろ」

「しかし、そろそろ良い報告をあのお方へ」

「解《わか》ってるっ」

大声になりすぎないよう気をつけながらも苛立《いらだ》った声を返した。そうすると、対峙《たいじ》する男とまだ俺の近衛としてついているはずの男が二人並んで俺を鋭《するど》く見つめる。

「……裏切るおつもりではありませんよね？」

「な……っ」

仮にも自分の近衛に裏切りを疑われるなんて。

お前達は俺を護《まも》るためにいるんじゃないのか？　そう食ってかかろうかと思ったが止《や》めた。

この男達が本当に仕えているのは、俺ではなくあの人だ。何を言おうと無駄《むだ》だろう。

「……そんな訳ない。調べは進めていると報告すればいい」

吐《は》き捨《す》てるように言って路地裏を出た。シンシア嬢のもとに早く戻《もど》りたくて早足になる。

ようやく赤い髪を目の前にした時には、最後の花火が打ち上がって消えてしまった。

幸せな日が終わってしまった……。

「……シンシア嬢」

「なんですか？」

声をかけると彼女が振り向いてくれる。それだけで俺はまだ引き返せるところにいる気がして、ぼんやりとした希望が灯《とも》った。

「また……、相談したいことがあるんだ。明日の明るい時間にでも二人で話せないか」

「申し訳ありません。シライヤに悪いので、今後二人きりというのはできるだけご遠慮《えんりょ》ください。ご相談でしたらシライヤも一緒《いっしょ》にというのはいかがですか？　彼はとても聞き上手なんですよ」

彼女は花火のように輝《かがや》く笑顔《えがお》で言った。もう彼女は、俺だけのために時間を使ってはくれない。幸せなだけの日々は終わってしまったんだ。

「……いや、いい。忘れてくれ」

帰り道、花火が上がらない夜空はどこまでも真っ暗だった。


「罰《ばつ》ゲームの時間だぞ、ラザフォード」

「……忘れてなかったんですか」

翌朝起きるとそう兄上に言われた。罰ゲームは昨日するはずだったが、急遽《きゅうきょ》祭りに行くことになってうやむやになっていた。このまま忘れてくれるなら好都合だと思って黙《だま》っていたのに、そう甘くはないらしい。

「シンシア嬢にも確認《かくにん》したが、裏手にある林は宿の者が管理している訳ではなく、自生している木とのことだ。遠慮なく登れるぞ」

「もう確認まですませてましたか」

やる気がありすぎる。いや、やるのは俺なのだが。幼い頃《ころ》の兄上も危険な遊びをよく俺にやらせていたな。

急な坂を滑《すべ》り下りてみたり、水面を走ろうとしてみたり、毒があるかも解らない虫を素《す》手《で》で捕《つか》まえてみたりと。

俺にやらせつつ兄上も率先《そっせん》してやるものだから、幼い俺は臆病者《おくびょうもの》だと思われたくなくて怖《こわ》がりながらも頑張《がんば》っていた。

当時の近衛達が顔色を真っ青にして幼い王子二人を追いかけていたのが懐《なつ》かしい。

だけど……たしか木登りだけは。

「本当にやるんですか？　怪我《けが》をしないように気をつけてくださいね」

兄上とシライヤと俺で宿の裏手まで行くと、シンシア嬢と義姉上《あねうえ》もやってきてシンシア嬢がそう声をかけてくる。宿のすぐそばなら危険はないとして、猫耳《ねこみみ》の事情を知っている兄上の近衛が二人だけついてきた。

他の者は朝食の時間だ。木登りをするとは言っていないので、もしそれを聞いていれば俺達を止めるためにもっと大勢の近衛が押しかけたかもしれないが……。

ついてきた近衛二人もようやくこれから何が行われるのか知ったようで、慌《あわ》てて兄上と相談しているが、上手《うま》く言いくるめられたのか大人しく引き下がった。

俺の近衛ならこうはいかない。俺の意思よりもあの人の意思を優先する俺の近衛なら話すら聞かないかもしれない。

「この木だ。大昔に落雷《らくらい》にでもあったのだろう。中心が裂《さ》けたまま大きく左右へ広がり、太く枝分かれしていて登りやすい。木登りには理想的な木だ」

いったいなんの評論家気取りなのか、兄上は大木を見上げ顎《あご》を触《さわ》りながら感心したように言った。

「では登ろうか。なん年ぶりだろうな。ワクワクするよ」

「兄上も登るんですか⁉」

「もちろんだ。弟を登らせておいて兄が登らないのでは示しがつかないからな」

それなら俺にやらせなければいいのでは？　と思ったが、兄上はただ自分が登りたいだけなのだろう。

「では先に行って上で待っているぞ」

「兄上、しばらく登っていなかったのですから急がずにゆっくり登った方が……」

とそこまで言った瞬間《しゅんかん》、兄上が一度深く屈《かが》んだかと思えば大きく跳《と》び上がり、人の身長よりも高い所にある太い枝に跳び乗った。

「はっ⁉　な、なんですか、それ⁉」

人とは思えないその動きに取り乱しながら大きな声で言うと、兄上は枝の上を容易に歩いてみせる。

「どうやら身体能力も上がっているようだ。悪いことばかりでもないな、獣《けもの》というのも。それより早く来いラザフォード。シライヤもだ」

「俺もですか……？　アデルバード殿下は罰ゲームの意味を理解しておられるのでしょう

か……」

「シライヤとラザフォード、どちらが先に私のもとへ辿《たど》りつくだろうな。麗《うるわ》しい女性方の見物もあることだ。気張れよ」

兄上の言葉を聞いた瞬間、俺とシライヤは同時に息を呑《の》んだと思う。シンシア嬢に恋敵《こいがたき》より劣《おと》るところなんか見せられない。

まんまと焚《た》き付けられた形になったのは解っているが、俺達は競《きそ》うように木登りを始めた。

「くそ……っ、思ったより滑る」

意気込みだけは立派なものだったが、最初に音を上げたのは俺だった。

兄上に追いつけないのは仕方ないとしても、シライヤにも追いつけないなんて。なんなんだ、あの男は。学園でトップの成績を収め、ドレッサージュ大会でも初出場で優勝し、若き公爵《こうしゃく》として申し分ない働きを見せ、そして何よりシンシア嬢に愛されている。その上木登りまでできてしまうなんて、シライヤにできないことはないのか⁉

「……手を貸しましょうか、ラザフォード殿下」

「う、うるさい！　憐《あわ》れみはいらない！」

余計な世話を焼こうとするシライヤに苛立ちのまま強く言い返す。

「いえ憐れみではなく……。怪我をされると困りますので……」

「お前に心配される必要なんて……っ！　うわっ⁉」

大声を上げたせいで手の力が緩《ゆる》んだのか転落しそうになったが、咄嗟《とっさ》にシライヤの手が俺の腕《うで》を摑《つか》んだ。先に枝の上に登っていたシライヤのところまで引き上げられる。

「助けろなんて言ってない……が……感謝はしてやる」

悔《くや》しさに歯を噛《か》みしめながらも、シライヤのおかげで怪我を避《さ》けられたという現実は受け入れなければならず、かろうじて礼の言葉に聞こえるような台詞《せりふ》を口にした。

「とんでもないことです、殿下」

素直《すなお》すぎるほどの返しをされて煽《あお》りなのかと疑いたくなる。

どちらにしろシライヤに助けられた恥《は》ずかしいところをシンシア嬢に見られてしまったのかと、恐《おそ》る恐る女性陣《じん》へ視線を向ける。

シンシア嬢は義姉上と草原の上に布を広げて座り、読書に勤《いそ》しんでいた。

「見てないじゃないか……っ」

なんの為《ため》に戦っていたのか。いや、俺は罰ゲーム中なのだった。

「まったく、もう疲《つか》れたのか？　まあ、ここまで登ればいいか」

兄上はもっと上まで登っていたが、俺達の枝より少し高い枝に降り立つとそこに腰掛《こしか》ける。

「見ろ、ラザフォード。いい眺《なが》めだ」

「あ……、はい。海がよく見えますね。光が反射して綺麗《きれい》です」

綺麗だが、ここまで苦労して見るほどの景色じゃない。木を降りたって海なんていくらでも見られるのだから。

「覚えているか？　幼い頃お前は私のあらゆる無茶に懸命《けんめい》に応えようとしたな。それが愛らしくて、私もついやりすぎてしまったが」

「無茶だって自覚あったんですか⁉」

「その無茶の中でも木登りだけは為《な》し得なかった。お前は幹にしがみついてなん度もずり落ちながら、木の上から呼ぶ私に向けて『できない、登れない』と泣《な》き叫《さけ》んでいたな」

そうだ……木登りだけはできなかった。

なん度挑戦《ちょうせん》しても最初の枝に辿り着くこともできず、先に上へ登ってしまう兄に置いて行かれ、一人ぼっちにされたようで寂《さび》しくて悲しくて。

だけどあきらめた訳じゃなかったんだ。その日から一人で木登りの練習をして、やっと登れるようになった時……。

「ある日お前は木登りをしようと自ら私を誘《さそ》ったな。登れるようになったから、一緒に登りたいと」

「はい……。でもその時兄上は、もう子どもじみた遊びはしないと……。その日を境に兄上は俺と遊んでくれなくなった」

「そうだ。私は大人になるべき時を迎《むか》えていた。エステリーゼという婚約者《こんやくしゃ》を得て、生半可な覚悟《かくご》で王太子になろうとした己《おのれ》を恥じて、子どもらしい甘えを全て捨てることに決めたのだ」

「……義姉上を泣かせたという、例の話の時ですね」

なるほど、それで。

今なら兄上の気持ちが理解できるが、当時の俺は突《つ》き放《はな》されたように感じて酷《ひど》く落ち込んだ。

なん日も泣いてばかりいて、俺が兄上の気に障《さわ》ることをしたのだろうかと悩《なや》んで、本当に孤独《こどく》になってしまったのだと絶望して。

少しでも人の温もりを集めたかった俺は……似合いもしないのに王太子を目指すふりをして派閥《はばつ》を作った。

結局、俺を駒《こま》としてしか見ない者達の中で孤独感を強めるだけだったが。

「登れるようになったのなら、お前も見たか？　王城の木に登ると、城壁《じょうへき》を越《こ》えてエルゼリアの国が一望できただろう」

「エルゼリアの国が……？　いえ、俺はただ登れるようになったのが嬉《うれ》しくて、景色に目を配る余裕《よゆう》はありませんでしたね」

「そうか……。まぁ、王城の二階以上から眺めれば同じ景色が見られるが。己の力で登り一望したエルゼリアの国に気が引《ひ》き締《し》まる思いだった。最後にお前と遊んだ時、私が木の上からかけた言葉を覚えているか？」

「いえ……」

「この場所から見える全ての景色を私達のどちらかが治めることになると言った。それはとても誇《ほこ》らしいことだとも。だがお前は泣きじゃくったまま言った。国を治めるなど恐ろしいことだ、王になどなりたくないと」

「俺はそんなことを……言いましたか」

覚えていないことだ。幼い頃のこととはいえ王族に生まれた者として情けなく、思わず拳《こぶし》を握り込む。

だが今もその覚悟はできていない。言ったことは覚えていないが、きっと言うだろうなと納得《なっとく》した。

「ならば私がならねばと思った。可愛《かわい》い弟をこれ以上怖がらせないため、兄らしく護ってやるため、私が王になろうと思ったのだ」

「俺のため……？」

驚《おどろ》きに唖然《あぜん》として言葉をなくした。兄上が王座を狙《ねら》う気持ちは、もっと私欲にまみれたものだと思っていた。

あの人と同じように、名声を求めてのものだろうと。義姉上のことを聞いたあとは、義姉上にいいところを見せたいとその思いだけで突き進んでいるのかと。

だが……、俺のためだったのか？

「そんな目的も、エステリーゼと婚約したあの日に塗《ぬ》り替《か》えられ、長いこと忘れていたが」

感動しかけて損した……、と眉《まゆ》を寄せると、兄上は俺を見て微笑《ほほえ》んだ。幼い頃はこうして優《やさ》しいだけの笑顔を向けられていた。

「お前は、隣に立つことは許されないのかと尋《たず》ねたが、そんなことを聞かれるとは思わなかった。私はいつも隣にお前の気配を感じていたから。初めの目的を忘れるくらい、お前は私を追《お》い詰《つ》め、常に並び立ちながら一つの座を競い合う者であった」

「俺は……そんな」

そんな立派なものじゃない。兄上に突き放されたのが寂しくて、ただがむしゃらに代わりになってくれる温もりを掻《か》き集《あつ》めようとしただけだ。

「兄として弟よりも先にあろうと常に努力していたが、お前はあっという間に追いついてくる。幼き頃からずっとお前は、隣に立ちながら追い抜《ぬ》かそうとしてくる強敵であったよ。兄の威厳《いげん》を見せるべく、危ないと解っていながらも無茶をしてしまうくらいにな」

そう言った兄上は眉を下げて困ったように笑った。

幼い頃の俺が兄上のする無茶なことに応えられた時、兄上はいつもこうして困ったように笑っていた。遅《おく》れてくる弟にあきれているのかと思っていたが、違《ちが》ったんだ。弟に追いつかれてしまったことに焦《あせ》り見せた顔だったのだ。

ごまかすように兄上は海の方へ顔を向け言葉を続けた。

「何を思い悩んでいるのか知らんが、自信を持てラザフォード。お前はこのアデルバードの弟で、私が幼き頃から強敵として警戒《けいかい》する男なのだぞ。お前は強い！　胸を張り私の隣に並び立て！　ラザフォード・エルゼリア！」

強く名を呼ばれ、背筋が伸《の》びる。ぐにゃりと曲がってしまいそうだった俺に芯《しん》が打ちこまれた気がした。

「……兄上っ」

兄上は俺を見ていてくれたんだ。ずっと隣に置いていてくれていたんだ。独りじゃなかった。俺はずっと独りなんかじゃなかった。

視界が揺《ゆ》れ光を反射する海がやたらと眩《まぶ》しくて、溢《あふ》れ落ちる涙《なみだ》を必死に止めようと袖《そで》で強く拭《ぬぐ》いながら「はい……っ！　兄上……っ！」と、震《ふる》える声でなんとか返事をした。

「……ハンカチをお貸ししましょうか」

袖で拭い続ける俺が気になったのか、シライヤが平坦《へいたん》な口調で言う。

「うるさい！　また憐れむつもりかっ！」

「ええ、これは憐れみですね」

「この……っ！」

不安定な枝の上では摑みかかることもできない。憎《にく》らしい恋敵への怒《いか》りで涙が止まったのは良かったが。

「涼《すず》しい顔をしているが、お前もシンシア嬢のことで俺を敵として意識しているんだろ？　このさいだ、正直にお互《たが》いの意思確認をしておこうじゃないか」

「正直にですか……」

悩むように呟《つぶや》いたシライヤへ、兄上が面白《おもしろ》そうに続けた。

「いいぞシライヤ。ここでの不敬は問わない。正直に言ってやれ」

「では……、正直に申し上げます」

一応王族を相手にしているという建前があったシライヤだ。俺に敵意を向けていても、罵詈《ばり》雑言の嵐《あらし》というような態度は取らなかった。

しかし今は兄上の許可を得て不敬を許されている。どんな荒々《あらあら》しい言葉が向けられるだろうかと、少し緊張《きんちょう》しながらもシライヤを睨み付ける。

「正直……、今のラザフォード殿下なら敵ではありません」

「……は？　なんだよそれ！　俺じゃ恋敵にもならないと言いたいのか⁉」

「そのとおりです。ラザフォード殿下は幼すぎて、シンシアの好みじゃない。今の貴方《あなた》では男としてすら見られていないでしょう。貴方を見るシンシアの視線はいつも、幼い子どもを相手にする時のソレでしかない」

「な、な、な……」

何言ってるんだ、そんな訳ないだろ、と、言いたかった。だが言えない。シンシア嬢は慈悲深《じひぶか》く愛情に溢れていて……いつも俺を子ども扱《あつか》いする。

「う……っ」

結局何も言い返せず呻《うめ》きを漏《も》らして項垂《うなだ》れるだけだ。

「くそ……、恋敵として警戒すらされないのかよ……」

俺はシライヤと恋の勝負をしているつもりでいたのに、シライヤには敵とすら思われていなかったと知って、せっかく自己肯定《こうてい》感を取り戻しつつあった心が今にも折れそうだ。

「いえ、警戒はしています」

「今更《いまさら》俺の機嫌《きげん》なんか取らなくていい！」

「機嫌など取るつもりはない。アデルバード殿下と同じように俺は追い立てられている。貴方はいずれ大人になり、シンシア好みの男になってしまうでしょう。その未来を考えると恐ろしく、俺は生まれて初めての嫉妬《しっと》もした。ラザフォード・エルゼリアは末恐《すえおそ》ろしい男だ」

「お……、俺が……、末恐ろしい……？」

言われ慣れない言葉を向けられて子どものように言葉を繰《く》り返した。

「名誉《めいよ》なことではないか、ラザフォード。エルゼリア史上前例のない学生公爵となったシライヤ・ブルックに末恐ろしいと言われ警戒されるとは、流石《さすが》私の弟だ。未《いま》だ子どもながら立派なことだ」

「ええ、まだ幼い子どもでありながら大規模な派閥を作りあげる手腕《しゅわん》といい、頭角を現しつつある。油断できませんね、子どもとはいえ」

「わざとらしく子ども扱いするなよ！」

褒《ほ》められているのか茶化されているのか解らない言葉を交互《こうご》にかけられ憤慨《ふんがい》したが、この優秀《ゆうしゅう》な男達に認められたのだという事実が誇らしい自信に変わっていくのを感じて、再び光り輝く海を眺めた時には清々《すがすが》しさが胸いっぱいに広がっていた。

「早く大人になってやる……」

そう小さく呟いたあと、未来が楽しみになるなんていつ以来だろうと考えながら自然と笑顔になってしまうのだった。


「祭りに木登りと近衛の神経を随分削《ずいぶんけず》ってしまったから、今からはしばらく大人しくしていよう。ダラダラと怠《なま》け者《もの》のように、寝間着《ねまき》で寝転《ねころ》がって何をするでもなく怠惰《たいだ》な時間を無益に消費するのだ」

木登りから戻り浴衣《ゆかた》に着替《きが》えた兄上は、そう言いながら畳《たたみ》の上に寝転がった。

「……兄上は今非常に危機的な状況《じょうきょう》のはずですが、なぜか休暇《きゅうか》を楽しんでいらっしゃるように見えてきました」

兄上のことだから、焦燥《しょうそう》を他者に悟《さと》られないようにしている……といえなくもないのだが、温泉を楽しみ料理や酒を楽しみ、祭りに行き木登りをして、今日はダラダラと寝《ね》て過ごす。

これ以上ないほどの充実《じゅうじつ》した休暇を過ごしているように見えてしかたない。

「私が慌てふためいたところで何も解決しないからな。もちろんそろそろ進展が欲《ほ》しいところではあるが……」

「もしこのままの状態で生きることになったら、どうなさるのです？」

シライヤも浴衣に着替えながらそう尋ねた。こんな状態で、王太子の座を護るどころかまともな人生すら歩めるはずはない。

俺も兄上がどうするつもりなのか気になって、黙って答えを待った。

「……その時はまず、切り落とすだろうな。獣の部分は幸い身体《からだ》の外へ飛び出している。耳と尻尾《しっぽ》を切り落として断面を隠《かく》せば何事もなかったように振る舞えるだろう」

切り落とす……。物騒《ぶっそう》な話だ。

「しかし兄上、感覚はあるのですよね？　そんなことをして、お身体に影響《えいきょう》はないのでしょうか」

「それは私にも解らぬよ。激痛に苛《さいな》まれ日常生活すら困難になるか、案外大したこともなく人の生活に戻れるか。もしくは……切り落とした途端《とたん》に命を落とすか」

「そんな……っ」

寝転がったままの姿勢で淡々《たんたん》と己の死を話す様子に俺の方が取り乱した。

兄上を失いたくない。やっと兄上の本当の気持ちを知ったのに。幼い頃から俺を隣に置いてくれた大切な人なのに。

「あ、兄上……。実は……、俺……」

言わなければ。俺の知り得ることを伝えなければ。

そう思うのに言葉が続かない。もし言ってしまったら、あの人は……。

「なんだ？　ラザフォード」

「……い、いえ。なんでも……、ありません」

うつむき言葉をなくす俺を一瞥《いちべつ》したあと、兄上は身体を起こして窓の外を眺めた。

「それはあくまで最後の手段だ。呪《のろ》いについて調べは進められているし、ラザフォードの伝手《つて》から情報が届くのもまだ先なのだろう。私がこの姿で直々に調べて回る訳にもいかぬし、療養《りょうよう》という名目上王太子の仕事をすることもできん。のんびりと待つしか方法はない。できることがないのであれば、不安に囚《とら》われるより今を楽しんだ方が合理的といえる。もし近い未来に国を追われるか、死が待っているならなおさらな」

だから全力で怠けると言っているのだが、兄上の言葉は覚悟を決めた者しか語れないものに聞こえた。

国を追われるか、死ぬか。

最悪の未来を予想しながらも平静を保てるのは兄上だからだろう。俺だったらきっと恐ろしくてみっともない姿を見せてしまうはずだ。

やはり王に相応《ふさわ》しいのは俺じゃない。兄上だ。

「神聖国《しんせいこく》の伝手に呪術《じゅじゅつ》について尋ねる手紙は送りましたが、情報が少なすぎて結果は期待できません。もう少し何かありませんか……？」

「もう少しとはなんのことかな？」

外を眺めたままのんびりと言う兄上に、焦る気持ちを悟られないようゆっくりと言葉を紡《つむ》ぐ。

「猫耳が生えた時の状況とか……、あとは……、原因になり得る物に心当たりなど……」

「原因になり得る物か」

「な、なんでもいいのです。少しでも思い当たることがあれば教えてくださいっ」

「私のために必死になってくれるのだな、ラザフォード」

兄上の視線が俺に戻ってきて優しい微笑みを向けられる。

長く対立するだけのような関係だったが、俺はまた兄上とこうして仲のいい兄弟のように笑顔を向け合うことができる。この幸福を失わないためにも、俺がどうにかしないと。

「もちろんです、兄上。大切な兄弟なのですから。だから教えてください！　呪いを受けた時、兄上の手には何がありましたか？」

「……王城の図書室で、見かけぬ本を手に取った。新しい本を入れたのだろうと思い警戒もせず開いたところ、こうなった」

「本……っ！　その本は今どこに！」

兄上の手が肩《かた》の高さまで上がり、パチンと指で音を鳴らす。幼い頃から見慣れた兄上の子飼いが室内に入ってきた。ここのところ荷物を腰《こし》に携《たずさ》えていると思っていたが、そこから本を取り出す。

「これだ」

「持ってきていたのですか……」

「大事な証拠《しょうこ》でもあるしな」

「見せていただいても……」

「構わんが、開くなよ。私のようになりたくはないだろう」

「は、はい……」

恐る恐る本を受け取った。題名もない本だ。きっとこれが、あの人の言っていた本。

「兄上……、これを俺に預けては貰《もら》えませんか」

「私はそれを大事な証拠だと言ったはずだが」

「解っています！　けして無駄にはいたしません！　この本を使って必ず兄上の問題を解決します！」

「ふむ……」

思案するように息を漏らした兄上へ、あともう一押しと言葉をかけた。

「兄上の弟として必ず結果を出してみせます！」

「……そうだな。自慢《じまん》の弟が言うことだ。では頼《たの》むよ、ラザフォード」

「はい！　兄上！」

自慢の弟。兄上の期待を裏切らないように、俺にできることを全力で……。

「兄上、しばらく俺はここを離《はな》れます。必ず良い報告を持ち帰ります！」

立ち上がりながら言い、兄上の頷《うなず》きを確認したあと部屋を出た。急ぎ行くべき所へ向かおうとした時、何かの瓶《びん》を持ったシンシア嬢と鉢合《はちあ》わせする。

「ラザフォード殿下？　どうなさいました？　その手にある本は……」

「シンシア嬢……」

赤い髪を揺らし今日も美しい瞳《ひとみ》で俺を見上げる彼女。

一瞬《いっしゅん》、俺がしようとしていることを相談しようかと思った。これからやろうとしていることが本当に正しいのか、間違えていないのか……。

だが、彼女に子ども扱いされていることを思い出して止めた。ずっと頼《たよ》ってばかりでは、きっと大人の男として見て貰えない。

恋い焦《こ》がれるシンシア嬢に……、もっと格好いい男として見られたかった。

「大人の男として、やるべきことを果たしてくる」

「……よく解りませんが、頑張ってください」

「ありがとう、シンシア嬢！」

強く言葉を返して、俺は三人の近衛を引き連れ目的地へと急いだ。

10話 愛情深い人達

「あの、先ほどラザフォード殿下《でんか》が馬車に乗りここを離《はな》れたようですが……」

シライヤ達の泊《と》まる部屋を訪ね、畳《たたみ》に寝転《ねころ》がるアデルバード殿下へ声をかけた。

「あぁ、把握《はあく》している。シンシア嬢《じょう》の助言どおり、良き兄として振《ふ》る舞《ま》ったぞ」

「え……？　今更《いまさら》なんの話ですか？」

良き兄として振る舞うように忠告したのは、ラザフォード殿下が来てすぐのことだ。私の助言などもう意味はない。

「シンシア、その手に持っているものは？」

「これは蜂蜜《はちみつ》酒です。アデルバード殿下が甘いお酒を気にしているようだとシライヤから聞きましたので、ルドラン子爵領《ししゃくりょう》の自慢《じまん》のお酒をお持ちしました」

寝転がっていたアデルバード殿下はすぐに起き上がり「甘い酒か！　それはいいな！」と嬉《うれ》しそうにこちらへ来て蜂蜜酒を受け取った。本当に甘い物がお好きなようだ。

「殿下はシライヤと初めてのお酒を経験なさったと聞きました。私もお酒を飲んでみたいです。エステリーゼ様もお呼びして、四人でお酒を飲みませんか？　チーズやナッツがよく合うそうなので、厨房《ちゅうぼう》から少し貰《もら》ってきて……」

「いや、止《や》めておこう。シンシア嬢には悪いが、しばらく酒は控《ひか》えてくれ。シライヤもだ。エステリーゼにも私から伝えよう」

「蜂蜜酒はお気に召《め》しませんか？　ご要望でしたら果実酒もご用意できますが」

明らかに蜂蜜酒を気に入っているような反応だったが飲むことに乗り気ではないらしい。一応他の候補も用意があると伝えるが、アデルバード殿下は「そうではない」と言いながら蜂蜜酒を座卓《ざたく》の上に置いた。

「近く事態が動くかもしれん。その時に酒で頭が回らないようでは困る」

「それはどういう……」

「それよりシンシア嬢、今は互《たが》いに婚約者《こんやくしゃ》と二人きりの時間を楽しまないか？　夕食は四人で取るとして、それまでは愛を育もう」

「大賛成です！」

初めてのお酒を飲んでみたいなんて思いはあっという間に吹《ふ》き飛《と》んで、シライヤの腕《うで》に抱《だ》きつく。お酒よりもシライヤだ。酔《よ》っ払《ぱら》うというのは気持ちがいいと聞くがシライヤと愛を交《か》わし合う時間には負けるだろう。

シライヤも耳まで真っ赤にしながらも、嬉しそうに微笑《ほほえ》んでくれる。

「ではエステリーゼをこの部屋に呼んでくれるか。シライヤはシンシア嬢達の部屋へ行くといい」

「ええ、もちろん！　では楽しい時間をお過ごしください！」

急いでシライヤと私達の泊まる客室へ戻《もど》り、エステリーゼ様へ次第《しだい》を伝えたところ、彼女も嬉しそうに顔を真っ赤にしていそいそとアデルバード殿下の部屋へ向かった。

「ふふ、エステリーゼ様も嬉しそう。頬《ほお》を真っ赤にして純情で……お勉強熱心なところとか、なんだかシライヤに似ていますよね。そのせいか彼女のことがとても可愛《かわい》らしく見えるのですよ」

「グリディモア公爵令嬢《こうしゃくれいじょう》といる時も、俺のことを思い出してくれるのか？　嬉しいな……」

喜んでくれるシライヤとともに、距離《きょり》を近くして畳の上に座った。

「俺も、ずっとシンシアのことを考えているよ。考えているというより……忘れられないという方が正しいかもしれないが」

「私達は顔を合わせていなくてもずっとお互いのことを考えているのですね」

ピッタリと身体《からだ》をシライヤに寄せて、愛《いと》しい人の温《ぬく》もりを感じる。幸せな時間。

「そう考えると、アデルバード殿下もシンシアに似たところがあるな」

「えづ⁉」

あの腹黒王子と私が似ているとは、なんて不名誉《ふめいよ》なことだろう。

「ど、どのあたりが……？」

知らないうちにシライヤへ嫌《いや》みな態度でも取ってしまったのだろうかと肝《きも》を冷やしながら尋《たず》ねると、シライヤはポツリと返した。

「わんぱくなところ」

「……わんぱく」

腹黒なところでなくて本当に良かったが、私はわんぱくなのだろうか。心当たりがなく言葉を繰《く》り返《かえ》すと、シライヤは目を細めて笑う。

「囚《とら》われた男を助けにくる凛々《りり》しい令嬢《れいじょう》だからな、シンシアは」

「あの時のことですか。それならこれからも、わんぱくでいます。シライヤのことは私が護《まも》ってみせますからね」

「相変わらずシンシアは格好いいな。俺ももっとわんぱくになって、シンシアを護れるようにならないと」

「シライヤとわんぱくという言葉は正反対にある気がしますが、二人の未来を護るために一緒《いっしょ》に頑張《がんば》りましょうね」

「もちろんだ。シンシアとともにいるためならなんだってするよ」

真摯《しんし》に言うシライヤが可愛くてたまらなくて、少し困らせてみたくなってしまう。

「なんでもですか？　なら結婚《けっこん》後の毎日のキスだって、同じベッドで寝《ね》るのだって、一緒にお風呂《ふろ》に入っちゃうのだってへっちゃらですね」

「う……。風呂も一緒に……？」

羞恥《しゅうち》に真っ赤になりながら言葉を詰《つ》まらせるシライヤはやっぱり可愛くて、ついやりすぎてしまいそうになる。

アデルバード殿下がラザフォード殿下を茶化す時はこんな気持ちなのだろうか。もしそうなら、たしかに私はアデルバード殿下と似ているところがあるのかもしれない。

「が、頑張るよ。恥《は》ずかしいというだけで、嫌《いや》な訳じゃないんだ。むしろ、シンシアがそう願ってくれて……、嬉しく思う」

「ふふ。少しずつ二人でできることを増やしていきましょうね」

「あぁ……」

恥ずかしがりながらも嬉しそうに微笑むシライヤはやっぱり可愛い。

「キスが恥ずかしいのに理由はあるのですか？　ただなんとなく恥ずかしいだけ？」

アデルバード殿下とエステリーゼ様ですらキスをしていた。シライヤのようにキスを恥ずかしがる人達というのは沢山《たくさん》いると思うが、恥ずかしがらない人達というのも沢山いる。その違《ちが》いはなんだろう。とくに理由はないのだろうか。

「……それなら、理由が」

「あるんですか？」

「学園に入るまで……、その、キスで……」

随分《ずいぶん》と言い辛《づら》そうだ。いったい何を言うつもりなのか。

緊張《きんちょう》して言葉を待つと、シライヤは決心したように言葉を吐《は》き出《だ》した。

「……キスで子どもができると思っていたっ！」

「学園に入るまで⁉　幼い頃《ころ》だけそう思っていたのではなく⁉」

かなり最近の話だ。つまりラザフォード殿下の歳《とし》までそう思っていたということ。

「そういうことを教えてくれる相手はいなかったから……。対象年齢《ねんれい》の低い本に、キスをした男女の間に子どもができる描写《びょうしゃ》があって、それをそのまま信じていて……。だが学園に入ると、キスをしている恋人《こいびと》達もいたから、やっと違うと解《わか》った……」

「そ、そうでしたか。それで人一倍キスに敏感《びんかん》なんですね」

その話を聞くと、シライヤが初めてのキスを結婚式《けっこんしき》でしたがる理由もなんとなく解る。

それはたしかに、結婚式でと思うはずだ。

「違うと解っても、キスはやはり特別なことのように思えて……。大事なことに変わりはない……だろう？」

「そうですね。とても大事なことです。大事な人にしかしてはいけませんからね」

恥ずかしそうに片方の手で口元を押さえるシライヤを慰《なぐさ》めようと、ポンポンと背中を優《やさ》しく叩《たた》きながら言う。

「あの夜キスをしてくれようとした時、とてつもない覚悟《かくご》をしてくださったのでしょうね」

「結局シンシアの優しさに助けられてしまったが……。待たせてすまない」

「いいえ、シライヤのことなら待つのも楽しいです。それに抱き上げてくださったのはとても楽しかったですよ。私がプロポーズした時なんて、抱きしめ合うだけでも一大事でしたのに」

「そうだな……。あの時は幸福と恥ずかしさでどうにかなってしまいそうだった」

と言い切ったあと、シライヤは突然《とつぜん》私を抱き上げた。あの夜と同じように。

そのままクルクルと回るものだから可笑《おか》しくて笑っていると、額に柔《やわ》らかくシライヤの唇《くちびる》が触《ふ》れた。

「シライヤ……！」

「これからいろんなことを、シンシアとできるようになるよ。貴女《あなた》と生きられる未来が楽しみでしかたない」

格好良く言ったシライヤだが、やはり耳まで赤い。初めての額へのキスを、とても頑張ってくれたのがよく解った。

「私もですよ、シライヤ」

今は彼の頑張りを全身で受け取りたくて、それだけを言って大きな身体に身を委ねた。

シンシア嬢達が出て行ったあと、間もなくエステリーゼが部屋へ来た。

幼い頃に拾った子飼いの男に部屋の扉《とびら》を見張らせ彼女と二人きりになる。

「ラザフォードが動いたぞ。警戒《けいかい》してくれ」

「承知いたしました」

私の短い言葉に彼女も短く頷《うなず》く。会話が途切《とぎ》れた……。

「……これだから私はいけない。君ともっと話をしなければと思うのに」

ふがいない思いを告白するように言うと、藤色《ふじいろ》の瞳《ひとみ》が優しげに細められた。

「それは、わたくしも同じですわ。伝えなければならないことを伝えず一人で無理をして、シンシアさんがいなかったら、わたくし達はどうなっていたか」

「同感だ……」

あの時シンシア嬢の助言を貰っていなかったら、私はきっと今エステリーゼの隣《となり》に立っていないだろう。

エステリーゼの小指に星の指輪がはめられているのを見つけ、丁寧《ていねい》に彼女の手を取った。

「気に入ってくれたか？」

「はい、とても」

高貴なエステリーゼの指には不似合いな玩具《おもちゃ》の指輪。端《はし》の方は塗装《とそう》が剝《は》げて、地の色が見えている。

通常であれば、王太子の婚約者が身に着けるものは厳しく適否を問われ、時には会議が行われ、政治的な意味を持つ装身具を与《あた》えられることもある。彼女への個人的な贈《おく》り物《もの》も同様に、私以外の者達が審査《しんさ》し決定した物だけが届けられる。

その場で良いと思ったものをそのまま贈ったのはこれが初めてだ。誰《だれ》の意思も介入《かいにゅう》させず彼女と私のみで交わされた星の指輪は永遠の思い出になってくれるだろう。

しばらく星の指輪を眺《なが》めて、ゆっくりとエステリーゼの手を離した。しかし視線を上げることができない。人の目を見られないなんて情けない。王太子として失格だと思いながら口を開いた。

「……私は、王太子の座を退くことになるやもしれぬ。それどころか人の目を避《さ》けるためエルゼリアの国を離れる可能性もある。君を巻き込みたくない。……もしもの時、婚約を解消する準備も進めておいてく――」

「アデルバード」

言葉を口から発するだけの私を、エステリーゼが止める。

「何があろうと、ともにおります」

「よさないか、エステリーゼ。君は潰《つい》える男の隣にいて良い女性ではない。その時がきたら私のことなど忘れてしまえ。星の指輪が邪魔《じゃま》をするならば私が持っていく」

「いけません、アデルバード。わたくしは幼き頃、貴方《あなた》をお支えできる淑女《しゅくじょ》になると心に決めたのです」

「王太子としての私をだな。だがもはやそれは確約できぬ地位だ。私が崩《くず》れ落《お》ちる時とともに沈《しず》まぬよう備えはしておくべきだ」

エステリーゼの瞳を見られないのならば、瞼《まぶた》を閉じてしまおうと目を伏《ふ》せた。

「アデルバード！」

破裂《はれつ》音とともに両頬《りょうほお》に痛みが走る。エステリーゼの手が私の両頬を叩いて挟《はさ》み込んでいた。こんなことは誰にもされたことがない。驚《おどろ》いて思わずエステリーゼと視線を合わせた。

「支えると言ったはずです。貴方が崩れ落ちる時こそ支えるべき時。王太子の貴方ではなく、アデルバードという一人の人物を支えたい。支えてみせますわ」

そのままエステリーゼが距離を近づけてくる。

「エス……」

彼女の名を呼び、待つよう言おうとしたが、それよりも早く唇を塞《ふさ》がれた。強く押しつけるようにされて柔らかさを感じることもできない。まだ私達はキスをするのが下手だ。

唇が離れていくと、強く志の灯《とも》る瞳で見つめられた。

「わたくしから逃《に》げられるなんて思わないで、アデルバード。これから先の未来で、貴方の隣にわたくしがいないなんてありえないことです」

エステリーゼの激しい愛情に圧倒《あっとう》された。彼女の言葉どおり、たとえどのような未来がくるとしても隣には藤色の髪《かみ》がなびいているように思えてくる。

このように愛情深い人を、シライヤはなんと言っていたか。たしかシンシア嬢に教えられたと言っていた。遠い国の言葉で……。

「ヤンデレというやつか……」

「ヤンデレ……？」

「遠い国の言葉で、愛情深い人のことを表すそうだ」

「そうですか……。ではわたくしは、アデルバードに対してヤンデレですよ」

静かに両頬からエステリーゼの手が離れていく。それが物悲しく、掻《か》き抱《いだ》くようにエステリーゼの身体を腕の中に収めた。

「国を追われれば楽な暮らしはできないぞ。玩具の指輪すら得られない暮らしだ」

「星の指輪だけで十分ですよ。それに、貴方がいればそれでいい」

「そうか……。そう……か……」

もはや言葉は必要ないだろう。私達はただ抱きしめ合った。

11話 波乱の幕開け（ラザフォード視点）

兄上達の泊《と》まる宿から休みを入れつつ二時間ほど馬を走らせた。あの人が現在拠点《きょてん》にしている屋敷《やしき》に辿《たど》り着《つ》く。

馬車から降りたあと、兄上から預かった本を片腕《かたうで》で抱《かか》えながら自分の心を奮い立たせるため、もう片方の手で小さな熊のぬいぐるみを握《にぎ》った。

兄上を元に戻《もど》すため、あの人としっかり話をしなければ。シンシア嬢《じょう》や兄上とだってあんなに本音で話せたんだ。今なら難しいことじゃないように思える。

「第二王子殿下《でんか》……、どのようなご用件で……」

俺の顔を見てもすぐには通さない門番。彼らが護《まも》るのはあの人……、俺の実の母だというのに。

「息子《むすこ》がきたと伝えればそれでいいだろう」

「……ご用件を」

「……本を持ってきた」

そう言ってからようやく一人の門番が中へ入り確認《かくにん》を取りに行く。しばらくして屋敷へ入ることを許された。

広い屋敷を歩かされる。やっと姿を確認できた実の母は、ソファに身体《からだ》を預けながら悲しげに顔を曇《くも》らせていた。

「ねえラザフォード、本当に本を持ってきたの？　遅《おそ》かったじゃない？　もしかして私を裏切るつもりじゃないわよね……？」

やってきた息子へかける最初の言葉がそれなのか……と落胆《らくたん》する。

いや、そんなことを思うのは今更《いまさら》だ。母上は俺が幼い頃《ころ》からこうだったし、それに今は己《おのれ》の危機的状況《じょうきょう》を憂《うれ》えて人に心を配る余裕《よゆう》なんてないのだろう。

「裏切るなんて……。ですが母上、全てが解決した時には兄上に謝罪をしませんか？　もちろん罰《ばつ》が与《あた》えられないとはいえませんが、俺も頭を下げます。最悪の結果だけは避《さ》けられるよう尽力《じんりょく》しますので……」

「止《や》めてちょうだい！」

激しい怒《いか》りを含《ふく》んだ声とともに母上のそばにあったワイングラスが投げられた。俺のすぐ近くで鋭《するど》い音をさせてグラスが割れ、ワインが飛び散る。

「お前はこの母を見捨てるつもりなの⁉　呪《のろ》いの本を仕込んだのが私だと明らかになれば東の塔《とう》へ幽閉《ゆうへい》されるわ！」

母上の言葉に思わず眉《まゆ》を寄せる。兄上を酷《ひど》い窮地《きゅうち》に追いやったのは、エルゼリア王の側妃《そくひ》……俺の生みの親である母上だった。

母上が呪いに手を出したのはこれが初めてじゃない。

母上の母国である神聖国《しんせいこく》では神がかり的な超常現象《ちょうじょうげんしょう》を信仰《しんこう》していて、こういった類いの品が多く存在する。……が、どれも眉唾《まゆつば》な品ばかりだった。

言い伝えばかりが立派で実際に超常現象を起こせるようなものなど一つもなく、母上が熱心に兄上を呪おうとしても成功したことなんて一度もなかった。――今までは。

「母上、とにかく兄上を元に戻しましょう。この本さえあれば、呪いを解くことができるのですよね」

どういう訳か、今回だけは成功してしまった呪い。

人を猫《ねこ》や犬などの獣《けもの》の姿に変えてしまうというこの呪いは、兄上に中途半端《ちゅうとはんぱ》に猫耳と尻尾《しっぽ》を生やしてしまったのだ。

ある日突然《とつぜん》兄上が病と言い身を隠《かく》すように誰《だれ》にも面会を許さなくなった時、母上は一度喜んでそのあと狼狽《うろた》えた。

呪いが成功したのかもしれない。どうせいつものように失敗すると思って、隠蔽《いんぺい》工作など気にしていなかった。自分が呪いの本を図書室に置いたところを誰かが見ていたかもしれない。証拠《しょうこ》の本を回収したくとも、図書室には残されていなかった。このことが知られれば王族の犯罪者を幽閉する東の塔へ連れられ、一生出してはもらえないだろう。どう

にか取り戻してくれないかと。

俺は、そんなことがある訳ないと思ったが、母上が酷く憔悴《しょうすい》する姿を見て放っておけずに兄上に面会を求めた。

たった一度の面会が叶《かな》わず、逃《に》げるように城を出た兄上にまさかと焦《あせ》り急ぎあとを追って辿り着いた先で兄上の状態を知ってしまった。

呪いの本のことが公《おおやけ》になり母上の仕業だと明らかになったら……確かに最悪の未来はあり得る話になってしまう。

母上がしたことは間違《まちが》っているし、母上のために兄上を騙《だま》すような形で呪いの本を取り戻したのも間違いだと解《わか》っていたが、実の母を東の塔で孤独《こどく》に死なせたくなかった。

親子関係が良好とは言い難《がた》い相手だが、それでも「いつか王になる私の息子」と言って可愛《かわい》がってくれた記憶《きおく》もある。見捨てるまでにはいたれぬ相手。

「兄上を元に戻して許しを乞《こ》いましょう。真摯《しんし》に謝罪をすれば、生涯《しょうがい》の幽閉だけは免《まぬが》れるかもしれない。謝罪だけで足りぬなら、俺を王族から抜《ぬ》くことを条件にしてもいい。そこまですればきっと兄上は情けを与えてくださるはずだ。……兄上はとても愛情深い人だから。今回沢山《たくさん》話をしてそう確信したのです」

刑《けい》を決めるのはエルゼリア王……父上だが、きっと愛情深い兄上なら口利《くちき》きをしてくださる。そうすれば母上の幽閉も生涯とはならないかもしれない。

小さな熊を握りながら必死に語りかけていると、激高していた様子の母上が落ち着くように息を整え言った。

「呪いを解くには、本を燃やせばいいのよ。それで元どおり。可愛い息子の言うとおり、全てを在るべき姿に戻さなくてはね……」

「母上……！　解ってくださったのですね！」

微笑《ほほえ》む母上は俺を慈《いつく》しむかのようで、やっと俺の言葉が母上に届いたのだと感激した。

シンシア嬢のおかげだ。彼女に出会ってから、俺は伝えたい人に伝えたいことを話せるようになった。俺にもできるんだと自信を持てた。

熊のぬいぐるみを握りながらというのは少し情けないかもしれないが、シンシア嬢の存在を感じると勇気が湧《わ》いてくるようだった。

「暖炉《だんろ》へ入れてちょうだい。全て終わらせましょう」

「……はい」

火が燃えさかる暖炉へ本を落とすように滑《すべ》り込ませた。これで兄上が元に戻る。

「私の可愛い息子、こちらへいらっしゃい」

「母上……」

言われるがままに母上のもとへ行くと手を引かれ部屋の外へ連れて行かれる。

「新しい時代がくるわ」

廊下《ろうか》を歩きながら母上が言った。言葉の意味が解らない。

「新しい時代……？　母上、何を……」

「やっと正しい姿になるのよ。だいたいおかしいでしょ？　神聖国の王女を娶《めと》っておきながら、その息子が王になれないなんて。それだけじゃなく、ラザフォードの名づけの時、建国の王〝アラン〟のミドルネームをつけさせないなんて嫌《いや》がらせまでして！　馬鹿にしてるったらないわ！」

エルゼリア王国を建国したと言われている初代の王アラン。父上は兄上が生まれた時、ミドルネームにアランの名をつけたが、その後側妃を迎《むか》え俺が生まれた時には俺にミドルネームをつけることを許さなかった。

母上はそのことをずっと恨《うら》んでいるが、父上がそうしたのには理由がある。端的《たんてき》に言えば王妃《おうひ》陛下の立場を護るためだ。

兄上を産む時王妃陛下はお身体を悪くされ、二度と子を望めないと医者から宣告されていた。無事に王子を一人授《さず》かったとて、たった一人では世継《よつ》ぎ問題に支障があるかもしれない。父上は実子を増やすため、交流の深い神聖国から母上を迎え側妃とした。

病弱でこれ以上の子を望めぬ王妃陛下と、健康に問題がなく子を望める側妃。万が一にも側妃の方が権力を持たぬよう、父上は王妃陛下の子にのみ建国の王の名を使うことを許したのだ。

皆《みな》が父上の意図を正しくくみとり王妃陛下を尊び、国王夫妻は威厳《いげん》を持ってエルゼリアを治めている。

だが母上だけはそれを理解しなかった。理解したくなかったのだ。

神聖国では姫《ひめ》として甘やかされ問題を数多く引き起こしたと言われている。その噂《うわさ》に納得《なっとく》できるほどに母上の性格は苛烈《かれつ》だ。側妃として常に二番手の生活を送る気はない。未来の王の実母となり、王妃陛下よりも権力を手に入れることを渇望《かつぼう》している。

「兄上は立派なお人です。兄上が王となるならエルゼリアは安泰《あんたい》だ。俺なんかよりずっと相応《ふさわ》しい」

嫌な予感がした。兄上に許しを乞うべき人の態度ではない。俺の言葉が……届いていない。

「母上……、兄上は……元に戻るのですよね？」

一つの部屋の前まで来て、母上の歩みはようやく止まった。そして俺を振《ふ》り返《かえ》り歳《とし》に似合わないほど妖艶《ようえん》な笑《え》みを浮かべる。真っ赤な唇《くちびる》が愉快《ゆかい》そうに開いた。

「第一王子は完全な獣になる」

一瞬《いっしゅん》頭が真っ白になり思考が停止する。すぐに全身が震《ふる》えだした。助けを求めるように小さな熊を握り込む。

「何を……言って……。本を燃やせば、呪いが解ける……と」

「違《ちが》うわ。本を燃やせば呪いが完遂《かんすい》できる。報告では金色の猫耳が生えたとあったわね。では金の猫にでもなるのかしら。うふふ、ペットにでもしたら面白《おもしろ》そうね」

嘘《うそ》だったのか……？　どうして……？　だって俺は、実の息子じゃないか。敵でもなんでもない。一番近い家族だろう？　それなのに、どうして嘘をつく。

「貴女《あなた》に……愛はないのか……」

「愛なんて……本当にお前は昔から甘ったれた弱虫ねぇ。愛なんて弱者の思想だとなん度教えても理解しない。私に媚《こ》びへつらう男どもと一緒《いっしょ》。そんなことでは王位を狙《ねら》うなんて無理だと思ったけれど、こうなったら関係ないからいいわ。第一王子を潰《つぶ》せば私の息子が王になるしかないのだもの」

嫌に冷たい指先が俺の顎《あご》をなぞっていく。

「触《さわ》るな！」

気味が悪くて大声を上げながら咄嗟《とっさ》に手を振り払《はら》った。持っていた小さな熊が衝撃《しょうげき》で床《ゆか》に落ちる。

「何これ」

「……っ」

慌《あわ》てて拾い上げる俺を見て、母上は眉をひそめた。

「その歳でぬいぐるみ？　まったくお前は王位継承《けいしょう》権を持つ以外取り得のない子ね」

嫌悪《けんお》を隠すことなく露《あら》わにして、母上は汚《きたな》いものから目を逸《そ》らすように扉《とびら》へ向き直った。

自らの手で扉を開け放つと、そこには大勢の人間達がいた。

見たことのある者達ばかりだ。俺の近衛《このえ》を務める者や、第二王子派閥《はばつ》の者。神聖国の戴《いただ》く神を信仰する信者達だった。

「聞け皆の者！　第一王子は邪悪《じゃあく》なる魔《ま》の者と繋《つな》がっていたが、それを我が息子が見事曝《あば》いてみせた！　今頃《いまごろ》アデルバード・アラン・エルゼリアは本性《ほんしょう》を現し、その身を獣の姿に変えているだろう！」

母上は何を始めるつもりだ……？　兄上が魔の者と繋がっているだって？　まさか自分がかけた呪いを兄上の罪とするつもりなのか？

「ち、違う！　兄上はそんなんじゃ！」

「息子は錯乱《さくらん》しているのだ。何せ実の兄が獣の姿になるのをその目で見ている。直に落ち着くだろう。気遣《きづか》ってやっておくれ」

まるで息子を気にかける良き母のように言う。集まっている者達は顔を見合わせざわめきを見せた。

「とうとうこの時がきたのか」

「エルゼリアを統《す》べる者は、やはり神を信じる者でなければ」

「第一王子が魔の者と繋がっているというのは本当なの？」

「神を信じない王子だからな。俺は前から怪《あや》しいと思っていたんだ」

違う、兄上が魔の者と繋がっているなんていうのは母上の嘘だ。だが彼らは簡単にその嘘を信じてしまう。彼らにとって、兄上が悪でなければならないから。

神聖国の戴く神を信仰する信者達は、同じく信者である者が国を統べるのに相応しいと思っている。だから信者ではない兄上が王になることに反発する者が多くいるのだ。

そういう者達の心の隙《すき》をついて、母上は言葉巧《たく》みに信者達を第二王子派閥へと勧誘《かんゆう》してきた。兄上の派閥と張り合えるほどに俺の派閥が大きくなったのは、信仰の力を借りたからに過ぎない。

俺が信者であるなんて一言も言ったことはないが、神聖国の姫だった母上の息子という立場であるだけで、そちら側と受け取られる。

「信じがたい者達もいることだろう。だが、第一王子が今正にその姿を獣に変えているのは事実である。その姿は金色の毛を持つ猫のような生き物だ。今はルドラン子爵領《ししゃくりょう》にて潜伏《せんぷく》しているが、すぐにこの場まで引きずり出してみせよう。志ある者は集《つど》え！　魔の者と繋がる第一王子を捕《と》らえに行くぞ！」

「母上！　止めてくれ！　こんなの内戦だ！」

「そう、これは聖戦である！」

高らかに言い切る母上に賛同するように、集まった信者達は声を上げた。母上はこうやって人をその気にさせることを得意としている。

神聖国で起こした数々の問題というのも、こうやって引き起こしてきたのだろう。

今になって思えば、東の塔へ送られると憔悴してみせたのだって、俺を動かすためだったのだろう。俺なら兄上の懐《ふところ》まで潜《もぐ》り込めると思って、呪いの本を取り返すための駒《こま》にしたのだ。

「止めてくれ……っ！　兄上は……っ！」

彼らを止めなくてはと声を上げたが、興奮しきったざわめきに俺の声がかき消される。

だめだ、今はこんなことをしている場合じゃない。

弾《はじ》かれたように元来た廊下を戻り、暖炉のある部屋へ駆《か》け込んだ。火掻《ひか》き棒で燃える本を取り出すが、殆《ほとん》ど燃《も》え尽《つ》きて原形をとどめていない。

「くそ！」

大きく声を上げながら今度は屋敷の外へ飛び出した。繋がれた馬を二頭引き連れ、片方の馬に跨《また》がってもう片方は併走《へいそう》させながらルドラン子爵領へと駆け出した。

跨がる馬が疲《つか》れる頃にもう片方の馬へ乗り距離《きょり》を稼《かせ》ぐ。

兄上を捕らえに来る信者達はきっと準備が必要だ。少しでも早く兄上のもとまで辿り着いて、猫になってしまった兄上を保護しなければ。

「兄上……っ！　兄上……っ！　申し訳ありません……っ！　俺のせいだっ！」

後悔《こうかい》を叫《さけ》びながら暗くなる道を駆ける。あんな女を母と慕《した》わなければ。いや違う。俺が愚《おろ》かだっただけだ。兄上に弟として誇《ほこ》ってもらう価値もない！　愚か者だ……っ！

選んだ馬は限界までよく頑張《がんば》ってくれた。これ以上走れなくなった馬二頭をとおりかかった御者《ぎょしゃ》の馬一頭と交換《こうかん》して貰《もら》い、ようやく兄上達のいる宿へ辿り着く。近衛もなく現れた俺を兄上の近衛達や子飼いが止めるかと思ったが、彼らは事情でも知っているかのように道を空けた。

「兄上！」

叫びながら兄上とシライヤが泊まる部屋に駆け込むと、そこでは四人が平和そうに夕食を取っていた。

「夕食までに帰ってきたのか？」

茶化すような声色《こわいろ》で言う兄上は、頭に猫耳を生やしただけの人間の姿をしていた。猫の姿になっていない。

「あ、兄上……、どうして……」

力が抜けてその場に座り込む俺を見ると、兄上は「やれやれ」と呟《つぶや》いてから歩み寄り俺の側に片膝《かたひざ》をつく。

「腰《こし》を抜かしている場合ではないのだろう？　何があったのか子細を話せ、ラザフォード」

「あ……っ、は、はい……っ」

兄上の言うとおりだ。なぜ猫の姿になっていないのか解らないが、母上達が兄上を捕らえにやってくることは変わらない。

焦る気持ちのままなんとか母上の企《たくら》みや、呪いの本のこと、そして俺の愚かな間違いを告白した。

「申し訳ありません、兄上……っ」

最後に謝罪の言葉を口にすると、俺の肩《かた》に兄上の手が乗る。

「気にすることはない。お前が側妃の駒にされやってきたのだろうということは初めから解っていた」

「……えっ⁉」

「ゆえにお前に渡《わた》した本も偽物《にせもの》だ。政敵に弱点となる物を渡す訳がない。疑うこともなく偽の本を持ち去るお前は滑稽《こっけい》だったぞ。まだまだ青いなラザフォード」

「こっ……けい……」

再度身体の力が抜けてしまうようだった。兄上には全てお見通しだったのか。シンシア嬢が後方で白い目をして「殿下……」と呟いている。

「急ぎここを離《はな》れる準備をせねばならんが、ラザフォード、お前はどちらにつくつもりだ？　解っているだろうが、これは内戦だ。この時点からどちらか片方にしかつけんぞ」

「……！」

ハッと息を呑《の》む。そうだ、もう情けを乞おうなんて段階は飛《と》び越《こ》えた。こうなっては、どちらか片方だけしか生き残れない。それならば俺が取るのは。

「……もう、あんな女を母だと思いたくない！　俺を兄上のそばに置いてください！　兄上のことは俺が護ります！」

「いいだろう。十五の歳で親から離れる決心をしたなら早い方だ。立派だな、ラザフォード」

「そんなこと……。俺は愚かな間違いを犯《おか》して、本当なら兄上に顔向けもできないっ」

悔《くや》しく思いながら言うと、兄上は立ち上がり手を差《さ》し伸《の》べてくれた。

「弟の間違いを補えるほどの甲斐性《かいしょう》はあるつもりだ。優秀《ゆうしゅう》な兄を持てて光栄に思うといい」

「兄上……」

まるで自慢《じまん》をしているような言葉だが、それは俺にこれ以上の後悔をさせないための言葉なのだとよく解る。

兄上はいつも正しく、愛情深い。俺のために良き兄でいようとしてくれる想《おも》いに応えたい。

「これから先、俺は兄上を裏切らないと誓《ちか》います」

言いながら手を取り立ち上がると、兄上は満足そうに微笑みを向けてくれた。

「アデルバード殿下、すぐに着替《きが》えを」

シライヤが言いながら動く。兄上達は浴衣《ゆかた》を着たままだ。確かにその格好では動きづらい。

納得したのも束《つか》の間《ま》、宿の外で喧噪《けんそう》が響《ひび》いた。鉄が叩《たた》きつけられる音もする。始まってしまった！

「思ったより早いな。先鋒《せんぽう》隊の数を侮《あなど》ったか。着替える暇《ひま》はない。皆、すぐに用意した裏口へ行け。脱出《だっしゅつ》するぞ」

兄上の言葉でシンシア嬢達が動いた。用意した裏口という存在は俺の知らないものだ。中庭の踏《ふ》み石を行った更《さら》に先に、茂《しげ》みの中に隠されるようにして小さな戸口があった。

出る前に近衛達からそれぞれ身を護るための武器を手渡《てわた》される。

貴族の男達は戦い方を学ぶのが普通《ふつう》だが、例外的に義姉上《あねうえ》は王太子妃《おうたいしひ》教育として槍《やり》の使い方を学んでいる。慣れた様子で槍を受け取っていたが、シンシア嬢は困ったようにつたない手つきで槍を握った。彼女は子爵令嬢《ししゃくれいじょう》、戦いを学ぶ機会などなかっただろう。

その様子を見て兄上はシンシア嬢から槍を取り上げるようにする。

「待て、シンシア嬢は戦えぬだろう。それならば本を護ってくれ。武器を持てる人数を一人でも確保したい」

子飼いの男がシンシア嬢に布で巻かれた本らしきものを渡し、代わりに兄上から槍を受け取った。

「……偽物ですか？」

シンシア嬢がそう尋《たず》ねてしまう気持ちも解る。兄上は笑って「さあな」と返した。

「出たら近衛の誘導《ゆうどう》で荷馬車へ乗れ」

兄上の指示に皆が頷《うなず》き裏口から脱出することには成功したが、荷馬車へと急ぐ道のりで敵の数の多さに驚《おどろ》いた。

この敵達は追ってきたのではなく、現地に仕込まれていたのだろう。

「信仰心とはこれほどの統率《とうそつ》を可能にするのか。興味深い。機会があれば使ってみよう」

裏手の林に隠れながら移動している時、兄上がまったく危機感を抱《いだ》いていないように言う。

いや、危機感はあるはずだ。それを表に出さないだけだろう。平然とした声を聞くと妙《みょう》に冷静になり、注意を払いながら林を無事に移動できた。

「荷馬車です」

子飼いの男が言い、先に荷馬車へと駆け安全確認をしに行く。……が、彼はすぐに転がるように荷馬車から離れて距離を取った。その瞬間《しゅんかん》荷馬車が爆発《ばくはつ》する。

「敵は火薬を持ち込んだのか⁉」

大きな爆発だ。あの量の火薬を隠し持ち込めるなんて、尋常《じんじょう》ではない。

「大変……、花火のせいだわ」

シンシア嬢が言う。

そうか、ルドラン子爵領は祭りのために花火を上げている。その火薬を使ったか。兄上を護るための祭りが、兄上を攻撃《こうげき》するための武器に変わってしまった。あの綺麗《きれい》なだけだった思い出を汚《よご》されたようで胸に憎悪《ぞうお》が滾《たぎ》る。

「第一王子はこっちだ！」

火薬を仕込んだ者達だろう。すぐに林にいる俺達に気づき声を上げた。手近な馬は今の爆発で逃げだした。走って逃げるしかない。

子飼いの男は爆発のあった所で応戦している。ついてきた少ない近衛達とともに林の奥へ入るように走って逃げだしたが、敵の数はどんどん膨《ふく》れ上《あ》がって俺達を追《お》い詰《つ》めた。

神の名の下に戦う敵達は己を正義だと信じている。王族を相手にしている躊躇《ちゅうちょ》などみじんも見せず、攻撃の手を緩《ゆる》めない。

「まずいな……。海だ」

兄上の言葉で、先にあるのが行き止まりであることに気づいた。

登った木から見えたあのキラキラと輝《かがや》いていた海が、今はどす黒く俺達を迎えている。

それだけではない。海は切り立った崖《がけ》の下にあるのだ。落ちれば確実に死が待っているだろう。解っていても敵の数は多くよどみない攻撃が俺達を崖へと攻め立《せ》てる。

「第一王子！　そのフードの下を見せろ！　獣の姿になっているというのは本当か！」

敵の一人が声を上げる。捕《つか》まれば兄上はフードを取られ、集まった者達の前に引きずり出されるのだろう。絶対に兄上を護らなければ。

シライヤが兄上に摑《つか》みかかろうとした敵を切り捨て、連続で立ち向かってくる敵すら殴《なぐ》り倒《たお》す。強いが、倒しても減ったように見えない多くの敵。俺もシライヤと並ぶようにして敵に応戦した。

「おい女！　こんな時に何を持っている！　怪しい奴《やつ》め！　それをよこせ！」

しまった。兄上を護るためにシンシア嬢への注意が疎《おろそ》かになった。

義姉上と近衛が護ってくれているが、敵が群がり防衛の隙をついてシンシア嬢へ手を伸ばす。

「シンシア！」

シライヤが駆け寄るが、その時敵の手がシンシア嬢の持つ本へ届きそうになり、それを避《よ》けるためにシンシア嬢が後退した。

そして――

シンシア嬢が落ちた。

「シ……ッ」

瞬間彼女の死を理解して戦いの最中だというのに全身から力が抜けた。しかし地面に膝《ひざ》をつく俺の視界に更に信じられない光景が映しだされる。

シライヤが剣《けん》を捨てて戸惑《とまど》いなどないように崖の下へと身を投げたのだ。

シライヤは言っていた。彼女のためなら死ぬくらい簡単だと。あの言葉は本当だった。親しく会話をした者達が続けて二人も目の前で命を落とした。その恐《おそ》ろしさで意味のない声が漏《も》れ身体が震える。こんなことをしている場合ではないのに、立たなくてはならないのに、兄上を護らなければならないのに。

ほんの数秒だったと思うが、そうやって感情と思考の嵐《あらし》が俺の中に渦巻《うずま》く。

その時、二人が落ちた崖から白く大きな物が空へ駆け上がった。

「な……なんだ……？　……鳥？」

異様なそれは月光を背にして神々《こうごう》しく輝いた。白く大きな翼《つばさ》が悠々《ゆうゆう》と広がってその場で風を叩きつけながら停止する。

誰かが呟いた。

「天使だ……」

12話 月夜の天使

月明かりしかない夜では足下《あしもと》が解《わか》りづらく、足を踏《ふ》み外《はず》して崖《がけ》から落ちてしまった。何もかもがゆっくりと動いて見えて、このまま死ぬんだなと奇妙《きみょう》なほどしっかりと理解した。

しかし私が落ちて、いや落ちかけている時からシライヤが間近に追いすがる。助けようとしてくれているのか。だめだ間に合わない。彼は足を止めることなく私とともに崖のこちら側へ飛んだ。

すぐに私に追いついて抱《だ》きしめてくれる。死にゆく私を。

はるか下は真っ暗な海。この高さから海面へ叩《たた》きつけられればまず助からないだろう。死ぬ。シライヤも死んでしまう。

これは強制力によるものなのだろうか？　ゲームの流れをめちゃくちゃにした代償《だいしょう》を払《はら》う時がきてしまったのだろうか？　シライヤが暗い海に沈《しず》んでしまう。ゲームのとおりに。

そんな結末受け入れられない！　シライヤを死なせてなるものか！

緩《ゆる》やかだった世界を急速に取《と》り戻《もど》して、私は手にある本の布を投げ去った。助かる可能性があるとしたら、もうこれしかない。

本を開くと視界の全てが光に包まれ、自分に何が起こっているのか解らないままがむしゃらに上へ行こうともがいた。シライヤを強く抱きながら。

気がつくと身一つで空高く舞《ま》い上《あ》がっていた。いや、腕《うで》の中にはシライヤもいる。シライヤを……横抱《よこだ》きにしている……。

「……シンシア。翼《つばさ》が生えている」

「翼……」

腕の中のシライヤに言われ、ようやく自分の身に何が起こっているのかを知った。背中にある新感覚……。これは翼なのか。軽く振《ふ》り返《かえ》るだけで巨大《きょだい》な白い翼が見えた。バサバサと羽ばたいて私達の身体《からだ》を空中で停止させている。

私は鳥になったのか。そういえば鳥は、自分よりも体重の重い獲物《えもの》すら持ち上げると聞いたことがある。シライヤを横抱きにするのは、今の私にとって苦労することではない。

そして飛ぶのは初めてだというのに特に意識もせず自在に翼を操《あやつ》れた。崖の上に戻るのは簡単そうに思える。とはいえ、戻れるかというのは別の話だ。

翼が生えた異形の私を見つめる人々。誰《だれ》もが戦いを忘れて唖然《あぜん》とした顔で私達を見上げていた。アデルバード殿下《でんか》のフードはまだ取られていない。しかし私の翼は見られてしまった。

「……国を出ることになるかも」

これから待ち受ける未来を想像して、冷《ひ》や汗《あせ》を垂らし呟《つぶや》く。

「シンシア。そうなったら、俺と遠くへ旅をしよう」

腕の中でシライヤがなんでもないことのように言った。

そうだ、そうなったら国を捨てて旅をしよう。一途《いちず》なシライヤは必ず私とともに来てくれるのだから、きっと楽しい旅ができる。シライヤと生きられるならそれでいいじゃないか。

もし私のことで父と母も国に居《い》づらくなってしまうなら一緒《いっしょ》に来て貰《もら》えばいい。商人と交流の深い私達は、旅をしながら生き抜《ぬ》く方法も知っている。なんだ、大したことではない。

「シライヤとの未来を失わなくて良かった」

「俺もそう思うよ、シンシア」

あっという間に覚悟《かくご》を決めた。愛《いと》しい人との未来があるならそれでいい。

そう思いシライヤと微笑《ほほえ》み合った時、下の方から大きく声を上げられる。

「天使様！」

「本物の天使様だ！」

……え？　天使ってまさか、私に言っている？

驚《おどろ》いて人々を見ると、敵の数人が膝《ひざ》をついて祈《いの》るようなポーズで私を見上げていた。武器まで捨てている。なぜかラザフォード殿下まで膝をついているが。

膝をつかない敵達は迷うようにお互《たが》いを見たり、おろおろとしてどうしていいのか解らない様子だ。

「明らかになってしまったのならばしかたない！」

アデルバード殿下が大きく声を上げた。彼は演説をする時のように身振《みぶ》り手振《てぶ》りを添《そ》えて朗々と語り出す。

「天使殿《どの》は人の姿に身をやつし、エルゼリア王国を間近から見守ってくださっていたのだ。私はかねて天使殿と親交があり、人の世界をご案内する役目を賜《たまわ》った。天使殿は混乱を避《さ》けるため正体を知られることなく人々を見守りたいとおっしゃり、そのたっときご意向を損《そこ》なわぬよう私も天使殿とともに人の目を避けるように動いていた」

この人、即興《そっきょう》でその設定考えたの⁉

今考えたばかりであろう長台詞《ながぜりふ》を噛《か》むこともなく語りきる相変わらずなアデルバード殿下に引くほど驚いていると、彼はおもむろにフードを取り去った。

猫耳《ねこみみ》がなくなっている！　期間限定イベントが終わったのだ。

……それとも、私に期間限定イベントが移ったのだろうか。そういえばあの課金アイテムは、一キャラにつき一つしか使えず、他のキャラの動物姿を楽しみたいなら人数分購《こう》入《にゅう》しなくてはならなかった。

ゲームでは期間限定イベントを途中《とちゅう》でキャンセルすることはできなかったが、そこは現実世界との差というものだろうか。なんにせよベストタイミングだ。

「第一王子は獣《けもの》になどなっていないじゃないか！」

「魔《ま》の者と繋《つな》がっていたのではなく、天使様と繋がっておられたのか⁉」

アデルバード殿下が獣の姿になっていないのを確認《かくにん》するや、数人の敵が武器を捨てて膝をつく。それでもまだ武器を持ったままの敵達が残っていた。

彼らを見回したアデルバード殿下は大げさなほど悲観的な声を上げながら私へ向けて跪《ひざまず》いた。エステリーゼ様もそっとその後ろにつく。

「誠《まこと》に申し訳ない、天使殿！　私の配慮《はいりょ》が足りず、このような事態を招いてしまった！　償《つぐな》いは必ずしよう！　して、この無礼者達はいかようにいたそうか？」

アデルバード殿下の青い瞳《ひとみ》がスッと細められる。「上手《うま》くやれよ」と言われている。失敗したら八《や》つ裂《ざ》きにでもされそうだ。国を追われるよりそちらの方が怖《こわ》い。

落ち着くため一度深呼吸する。しばらくやっていなかったが、昔を思い出して悪役令《れい》嬢《じょう》の笑《え》みを作った。

「人間達、跪きなさい。天罰《てんばつ》をくだされたいのですか？」

私にアデルバード殿下のような長台詞は無理だろう。できるだけ台詞は短く、悪役令嬢のよく通る声で威圧《いあつ》するように言うと、未《いま》だ狼狽《うろた》えたまま武器を持っていた敵がへなへなと座り込み武器を取り落とした。小さく「お許しください、お許しください」と繰《く》り返す脅《おび》えきった敵までいる。

「天使へ剣《けん》を向けた者達を捕《と》らえなさい。人の裁きに任せましょう」

「なんとか切り抜けましたね……」

やっと静かになった宿でくたびれながら私が言った。宿は少し荒《あ》らされているが泊《と》まるのに支障はなさそうだ。

あのあとアデルバード殿下の近衛《このえ》達が敵を捕縛《ほばく》し、ルドラン子爵領《ししゃくりょう》にいる騎士《きし》団や自警団にも連絡《れんらく》を入れあと処理を手伝って貰った。

敵達はどうやら全て神聖国《しんせいこく》の戴《いただ》く神を信仰《しんこう》する信者達だったようだ。その神に侍《はべ》る天使に刃向《はむ》かってしまったと嘆《なげ》き、捕縛される時は大人しく従っていた。

ラザフォード殿下の話では側妃《そくひ》が黒幕であり、まだ他にも捕縛しなければならない敵達がいそうだがアデルバード殿下が元に戻った今、こちら側に後ろめたいところはなく、表舞台《おもてぶたい》で指揮を執《と》りながら騎士団を大きく動かせる。側妃達を捕らえるのも時間の問題だろう。

「今回ばかりは、私も終わりかと思ったよ」

アデルバード殿下は、まったくそう思っていなそうな顔で微笑みながら言う。

「天使のシンシアさん、格好良かったですね」

エステリーゼ様が朗《ほが》らかに笑って言う。あんなことがあったのに、疲《つか》れを見せない彼女もさすが王太子の婚約者《こんやくしゃ》だ。

「天使の存在については箝口令《かんこうれい》を布《し》いたが、どこまで効力があるかは解らん。側妃から呪《のろ》いの解き方を聞き出すまで、身を隠《かく》しておくといい」

「まいりましたね、翼が大きすぎてアデルバード殿下の獣の耳より隠しづらくて大変そうです……」

マントを着れば隠せるという大きさではない。しばらくこの翼と隠れながら生活するしかなさそうだ。

ちなみにシライヤはずっと私の翼の後ろにいる。なんでも翼が浴衣《ゆかた》の背縫《せぬ》い部分を腰《こし》の方まで破いて出ているらしく、チラチラと肌《はだ》が見えているのを隠したいらしい。無事な状態の羽織《はおり》で上から押さえてくれていた。

ラザフォード殿下もこの場にいるが、とても静かに俯《うつむ》いている。今回のことを気にしているのだろう。

放っておけず顔を覗《のぞ》き込みながら声をかけた。

「大丈夫《だいじょうぶ》ですか？」

「……っ、シンシア嬢《じょう》。貴女《あなた》を死なせてしまうところだった……。本当に……、すまない」

拳《こぶし》を強く握《にぎ》り悲しげに言うラザフォード殿下は、「それから」と続けた。

「シライヤも……、すまなかった。あと一歩間違《まちが》えていたら二人とも死なせてしまったかもしれない。申し訳なかった……っ」

声を詰《つ》まらせるラザフォード殿下はシライヤへの敵意のようなものがなくなっていて、心から謝罪をしているように見える。

なんと言って慰《なぐさ》めてあげたらいいだろうと考えていると、先にシライヤが口を開いた。

「ラザフォード殿下が報《しら》せに戻ってくださらなければ、俺達は事態を把握《はあく》するのが遅《おく》れて宿で捕《つか》まっていたかもしれない。敵は興奮していました。そのまま殺されてもおかしくなかった。貴方《あなた》の最後の判断が確実に俺達を救いました。自信を持ち顔を上げてください、ラザフォード殿下」

ハッと息を呑《の》んで顔を上げたラザフォード殿下は、驚いた顔のままシライヤを見つめた。彼は感激したかのように涙《なみだ》を溢《あふ》れさせ、下唇《したくちびる》を噛んでいる。熱く息を吐《は》き出《だ》したあと「ありがとう、シライヤ・ブルック公爵《こうしゃく》」と声を震《ふる》わせながら言った。

そうか……。慰めるのではなく、褒《ほ》めてあげれば良かったのか。

学生時代は自分に自信がなく落ち込んでいたシライヤが、今は人を励《はげ》まし褒めてあげられるようになっている。それがとてつもなく嬉《うれ》しくて、私は自然と深く笑みを作り「シライヤと同じ意見です」と同調した。

「ありがとう、シンシア嬢」

照れたように頰《ほお》を染めて笑いながら言うラザフォード殿下は、重荷をおろしたように見えた。

「もう一つ……この場で告白したいことがある」

少し視線を逸《そ》らしてから、再び私にラザフォード殿下の青い瞳が向けられた。

「私に？　なんでしょうか？」

「俺は……、貴女のことが好きだった」

真剣《しんけん》に言うその表情と言葉に、真面目な想《おも》いを感じて私は姿勢を正した。これはそういう意味の告白だ。恥《は》ずかしさに負けて鈍感《どんかん》なふりはしたくなかった。

「そうでしたか……」

「きっと今も好きなんだ。だけど今夜のことであきらめる決心がついた。貴女のために崖に身を投げられるような男と張り合ったところで、負けは目に見えているから。貴女の選んだ男は凄《すご》い男だな」

「ええ、そうなんです。シライヤが隣《となり》にいたら、私はよそ見なんてできません」

だから、貴方の気持ちには応えられない。

「そうだな……。解るよ……」

ラザフォード殿下は少しだけ傷ついた顔をした。それでも納得《なっとく》したように頷《うなず》いて微笑む。穏《おだ》やかに受け止める彼は大人びて見えた。子どもだと思っていたが、もっと対等に見なければ失礼なのかもしれない。

ラザフォード殿下へ手を差し出した。

「これからも、友人としてよろしくお願いいたします。ラザフォード殿下」

王族と貴族の関係だ。失恋《しつれん》したから会うのは止《や》めようなんて言い訳は許されない。顔を合わせなければならないなら、次も笑顔《えがお》で会いたい。

ラザフォード殿下は差し出された手を見てゆっくり自分の手を持ち上げながら言葉を紡《つむ》ぐ。

「羨《うらや》ましいと思っていたんだ。シンシア嬢に手を繋いで貰って隣にいるシライヤのことが。だけど……」

私の手がラザフォード殿下の手にしっかりと握られる。

「友人でも手を繋げるんだな」

そう言って笑った彼の顔は、やっぱり年相応に見えて可愛《かわい》らしい男の子だった。


「では、我々は先に戻るぞ」

「シンシアさん、またお茶をご一緒しましょうね」

「お二人とも道中お気を付けて。エステリーゼ様、ぜひまたご一緒に」

数日後、アデルバード殿下とエステリーゼ様が先に同じ馬車で王都へ帰られた。

ラザフォード殿下も内戦の関係者として忙《いそが》しく騎士団と話をしているようだが、アデルバード殿下の口添《くちぞ》えで首謀《しゅぼう》者としては扱《あつか》われていないらしい。事件が落ち着けば第二王子として穏やかな生活を取り戻せるだろう。

側妃は既《すで》に捕縛されており、厳しく取り調べを受けている最中だ。彼女の処遇《しょぐう》が決まるのはまだ先だろうが、きっと厳しい沙汰《さた》を言《い》い渡《わた》されるだろう。

ラザフォード殿下は側妃をもはや母とは思わないと言っていたが、それでも実母の処遇を聞いた時、心が深く傷つくことにならないよう祈るばかりだ。

「その時は、友人として支えに行こう」

不安をシライヤに話すと彼はそう言って微笑んだ。そのとおりだ。私達は友人なのだから、心が傷ついた友人がいるなら隣にいて肩《かた》を支えてあげればいい。

孤独《こどく》だったシライヤが、友人のために何ができるのか考えるようになった。私や私の両親だけでなく、外との交友にも目を向けられるようになっていく彼が誇《ほこ》らしい。

それに、交友関係が広がったとしてもきっと彼は一番深いところに私を置いてくれるはずだ。彼は愛情深く一途なヤンデレキャラなのだから。

「そういえば、思いがけず二人きりになりましたね」

アデルバード殿下、エステリーゼ様、ラザフォード殿下がいなくなった宿は静かに感じた。とはいえ、アデルバード殿下は近衛を少し残していった。なぜなら私の背中にはまだ巨大な翼が生えているからだ。

敵は上手く私を天使だと勘違《かんちが》いしたが、信者でない者達からすれば私はやはり異形の者でしかないのだ。信者達だってあの興奮した戦いの場で、特に信仰心が厚い者達が集まっていたから勘違いしたとも言える。

この姿を人々に晒《さら》してしまわないように、事情を知る王太子の近衛が残り警護して生活をサポートしてくれる。

呪いの本に関してはアデルバード殿下が持ち帰った。城で厳重に保管した方が良いと判断したためだ。

側妃からの証言で呪いは発動してから三ヶ月以内に本を燃やさなければ完遂《かんすい》できないと聞き出しているため、三ヶ月誰にも触《ふ》れさせないと約束してくださった。

残念ながら呪いの解き方は知らなかったようで、私は三ヶ月たっぷりこの翼と仲良くしなければならない。もしくは呪いを引《ひ》き継《つ》いだことで期間も引き継がれるなら、あと一ヶ月程《ほど》だろう。どちらの運命かは呪いが解ける時にしか解らない。

最終的に呪いの本をどうするのかはまだ決定していないようだが、国としては強力な力を持ったアイテムを手放そうとは思わないだろう。

しかしゲームの内容どおりであるなら、キャラクターの動物姿が解除されるのと同時に本は消えてしまう。つまり私が元に戻ると本も消えてしまうはずだが、それは黙《だま》っておこう。私がそんなことを知っているのは不自然でもあるし。

まあとにかくだ、私は翼が消えるまでこの宿で籠城《ろうじょう》生活となる。お祭りには行けそうな気がするが。このまま赤い鶏冠《けいかん》をつければ鶏《にわとり》の仮装に見えなくもない。

いっそのこと領主の娘《むすめ》として率先《そっせん》して祭りを盛り上げているのだという体《てい》で、鶏冠をつけて歩き回ってはどうだろうか。必要ならくちばしもつけよう。

愉快《ゆかい》なことを考えていると、シライヤが残念そうに言葉を続ける。

「二人きりになれたのは嬉しいが、俺はあと数日程度しかいられない……」

「そうですね……、いつまでも旅行を楽しんでいる訳にもいきませんし。公爵領の現地で必要なお仕事もあるのでしょう？」

「あぁ。だが、王都よりは公爵領の方が近いからな。書類関係は公爵領の屋敷《やしき》へ送って貰い、現地で必要な仕事を急ぎすませて、できるだけ早く戻ってくるよ」

私も一緒に公爵領へ行けたら良かったのだが、この翼が大きすぎて馬車に乗れそうにない。荷馬車を用意して貰えば行けるかもしれないが、翼を隠しながら長距離《ちょうきょり》を移動するのはリスクが大きいだろう。

大人しくシライヤが戻ってくれるのを待つのが無難な選択《せんたく》だ。

「お義父《とう》さんとお義母《かあ》さんもこちらへ向かってくれていると手紙がきたし、たまには家族水入らずで過ごしてくれ。いつも俺が割って入っているからな」

「シライヤがいて、家族全員ですよ。だから早く戻ってきてくださいね」

「……そうか、解った」

嬉しそうに頬を染めてくれるシライヤがとても可愛い。抱きしめたい。そう思ったところで一つ思いついたことがある。

バサリと大きく翼を広げ、そのままシライヤの身体を包むように翼で抱きしめた。

「シンシア、これは」

「シライヤの身体を全部抱きしめられたらいいのにって思っていたんですよ。私の腕だけ

では足りなく感じて。だけど今は全てを包んでしまえます。

翼で抱きながら腕でもシライヤを抱きしめる。大きな身体の彼を丸ごと愛せるようで嬉しい。

「シンシアの愛は海のように深くて広いから、俺はいつだって全身を抱きしめられているような気がしているよ」

そうなのか。それなら嬉しい。

シライヤを横抱きにすることもできたし、鳥になるのも案外悪くない。

彼も腕を私の背にまわしてくれた。翼の付け根に手が当たると少しくすぐったいけれど、嫌《いや》ではない感覚。

「シンシアの翼は温かいな……」

「これからもずっと、シライヤは暖かいところで笑っていてくださいね」

冷たい海の底ではなく、暖かい優《やさ》しい場所でシライヤを大切にしたい。

柔《やわ》らかい真っ白な羽毛《うもう》の中で私達はいつまでもお互いを暖め合った。

13話　戻った幸福

「二人して見に来なくても良かったのに」

ラザフォード殿下《でんか》の恥《は》ずかしそうにすねた声が響《ひび》く。

あの期間限定イベント事件があった翌年の今日、ラザフォード殿下が学園に入学される日を迎《むか》えた。

シライヤと私は彼の入学を祝うため学園に駆《か》けつけていた。もちろん私の翼《つばさ》はとっくに消えている。結局のところ期間も引《ひ》き継《つ》がれたために、翼を生やしていたのは約一ヶ月ほどの期間だけだった。

ラザフォード殿下の入学とはいえ、祝いに来る王族の出席者はいない。

それは彼が冷遇《れいぐう》されているという訳ではなく、王族がなん人も集まるとそれだけ警備が大事になって混乱を呼んでしまうからだ。アデルバード殿下の入学時も王族の出席者はいなかった。

それなら私達が見に行ってもいいだろうかと試《ため》しに出席を打診《だしん》したところ、すんなりと席を用意してもらえた。

「友人の晴れ舞台《ぶたい》ですから。入学おめでとうございます、ラザフォード殿下」

笑って返すとラザフォード殿下は恥ずかしそうに頬《ほお》を染めたが、満更《まんざら》でもなさそうに「ありがとう」と言う。

良かった、平気そうだ、と思った。

なぜなら先日側妃《そくひ》が東の塔《とう》に入れられたと発表があったからだ。

第二王子の実母であり、神聖国《しんせいこく》の姫《ひめ》だった女性。未《いま》だ信奉者《しんぽう》も沢山《たくさん》いるという。内戦という重罪を犯《おか》したとしても、公然と断頭台に送るわけにはいかなかったのだろう。病のため東の塔で療養《りょうよう》すると公式発表があった。

しかし貴族なら東の塔と聞くだけで、側妃がなんらかの罪を犯したのだと気づく。そしておそらく生涯《しょうがい》出てくることはないということも。東の塔とはそういう所。

そのことでラザフォード殿下が落ち込んでいないか気になって、入学式へ出席がてら顔色を窺《うかが》いに来たという訳だ。

「制服似合っていますね」

そう言ったのはシライヤだ。ラザフォード殿下は「あ、ありがとう。シライヤ」と更《さら》に恥ずかしそうにしながら返した。

「制服も校舎も懐《なつ》かしいですね。学園内に入れる機会はそうそうありませんから、校舎裏に寄ってみませんか？　シライヤと私の大切な場所なので、一目見たいのですが」

言うと、ラザフォード殿下はなぜか「あぁ」と知っているような声で反応した。

「伝説の恋人達《こいびと》だな」

「伝説の恋人達？　なんの話です？」

「行けば解《わか》る」

先に向かうラザフォード殿下の背中を見てから、シライヤと顔を見合わせる。考えても解らないのでそのままラザフォード殿下の背を追い校舎裏へと向かった。

あの頃《ころ》と同じように、人気《ひとけ》がなく花もなく手頃《てごろ》なベンチもなく、木漏《こも》れ日《び》が綺麗《きれい》なだけの場所を思《おも》い浮《う》かべていたが到着《とうちゃく》したそこはガラリと様変わりしていた。

「な、なんですか、これ」

「今じゃここは縁結《えんむす》びの場所として、学生達の人気スポットらしい」

ラザフォード殿下の言うとおり、そこは多くの学生達で賑《にぎ》わいを見せ綺麗な花が咲《さ》き誇《ほこ》りベンチがいくつも置かれている。

「まさか伝説《じょう》の恋人達って」

「シンシア嬢とシライヤのことだな。ここは冷遇されていた庶子《しょし》の男が公爵《こうしゃく》に上《のぼ》り詰《つ》める機会を得た場であり、子爵令嬢《ししゃくれいじょう》が公爵夫人になるという前例のない縁談《えんだん》を得た場でもある。そしてその二人は今も仲睦《むつ》まじく幸福の中にある。伝説の恋人達にあやかり自分も幸福な恋ができるようにと、学生達はここで婚約者《こんやくしゃ》や恋人と仲を深め、もしくは出会いを求めてやってくる」

まだ公爵夫人にはなっていないのだが、その話を聞くかぎり確かに私達のことで間違《まちが》いないだろう。

シライヤとの思い出の場所がこんな御利益《ごりやく》スポットになっていたとは。驚愕《きょうがく》していると、シライヤが何かに気づいたように呟《つぶや》いた。

「ノートを持っている生徒が多いな」

「あぁ、あれは交換《こうかん》ノートだ。伝説の恋人達はノートのやり取りで愛を深め合ったと言われている。……本当なのか？」

いや、交換ノートはやっていない。私がシライヤから貰《もら》ったのは山勘《やまかん》ノートだ。こうして伝説というのは少しずつ変化しながら受け継がれていくのだろうか。

頬を染めてはしゃぐ学生達を見るのは微笑《ほほえ》ましいが、思い出にひたってこの場所を楽しむのは無理そうだ。複雑な気持ちで目を細めていると、ラザフォード殿下は少し寂《さび》しそうな声で続けた。

「俺も二人と同じ歳《とし》だったら良かったな。一緒《いっしょ》に学園に通えたら、楽しそうだったのに」

「それは楽しそうですね。でもきっと、ラザフォード殿下だけの巡《めぐ》り合《あ》わせもありますよ」

「そうかな……。俺にもできるかな……。二人みたいな……そんな」

青い瞳《ひとみ》が期待と憧《あこが》れを抱《いだ》いて空を見上げた。これから始まるラザフォード殿下の学生生活が幸福でありますように。

そして、幸福を求めて集まっている学生達にもどうか幸せな結末を。

「えっ？」

「あの……、もしかしてブルック公爵様とルドラン子爵令嬢様では？」

ぼんやりと油断していたら、いつの間にか学生達に取り囲まれていた。

「本物の伝説の恋人達ですか!?」

「会えるなんて感激です！　ノートにサインしてください！」

「交換ノートにはどんなことを書いたんですか!?」

「学生公爵となった時のお話を聞かせてください！」

「ブルック公爵様って、こんなに儚《はかな》げで美しい方だったんですね！」

「ルドラン子爵令嬢様は、燃えるような赤い髪《かみ》が強そうで格好いい！」

「ヤンデレってなんですか!?」

学生特有のとてつもない圧に、シライヤと私はたじたじと追い詰められていく。

「ちょ、ちょっと待ってください。私達は第二王子殿下の付《つ》き添《そ》いですので、もうここを離《はな》れますから……」

ね？　と隣《となり》にいるラザフォード殿下に顔を向けたが、そこには誰《だれ》もいなかった。少し遠くの方に我関せずと歩き去るラザフォード殿下の後ろ姿が見える。

身の危険を感じて早々に私達を見捨てたのだろう。あの人、やっぱりアデルバード殿下の弟だ。末恐《すえおそ》ろしい。

「お二人とも、ぜひお話を！」

取り残された私達は学生達から質問攻《ぜ》めにあい、なんとか馬車まで逃《に》げきる頃にはぐったりと疲《つか》れ果《は》てていた。

翼があればすぐに逃げられたなぁなんて思ってしまったが、平和な日常が戻《もど》ったことを実感して私達はどちらからともなく笑い合うのだった。

伝説の恋人達は今日も幸福だ。

HappyEnd

あとがき

二巻をお手にとっていただき誠《まこと》にありがとうございます。作者の宝《たから》です。

読者の皆様《みなさま》、そして本作に携《たずさ》わっていただいた皆様のおかげで二巻を出すことができました。感謝の気持ちでいっぱいです、改めましてありがとうございました。

二巻ではラザフォードと側妃、前作では名前だけだったエステリーゼが登場しました！　想像以上に素敵《すてき》なキャラデザにしていただいた上に、今回も美麗《びれい》な表紙や挿絵《さしえ》の数々を描《えが》いてくださった夏葉《なつば》先生にも感謝の気持ちでいっぱいです！

さらに新しいお知らせなのですが、本作のコミカライズが始まります！　キャラクターも世界観もより鮮明《せんめい》に、かつ解《わか》りやすくなって、美しく素晴《すば》らしい作品に仕上げていただいておりますのでお楽しみに！

もう一つ新しいお知らせなのですが、我が家の愛鳥《あいちょう》が今年十歳になります！　とても元気に長生きしてくれる立派な子です。これからも大切に育てていこうと思います！

この後にも本編に入れられなかったサブストーリーの番外編が二本収録されていますので、最後までお楽しみいただけましたら幸いです！

番外編　温泉再び（ラザフォード視点）

「明るい時間の温泉も良いものだ！」

機嫌《きげん》良く温泉に浸《つ》かりながら言う兄上は、もし猫《ねこ》の尻尾《しっぽ》があったらピンと上に伸《の》びていたのだろう。猫耳と尻尾が消えて、代わりにシンシア嬢《じょう》の背中に翼《つばさ》が生え、敵の捕縛《ほばく》が一とおり終わって束《つか》の間《ま》の休息を取れることとなった今日、兄上が真っ先にしたことは昼間の温泉に入ることだった。

暗い時間にこそこそと温泉に入らなくても良くなった兄上は、明るい日差しを全身に浴びながら温泉を楽しんでいる。相当気に入ったようだ。

俺とシライヤも流れで兄上とともに温泉に入っている。熱い湯に疲《つか》れが溶《と》け出していくようで、内戦の一夜のストレスが和《やわ》らいだ。

「兄上とまたこうして温泉に入れて嬉《うれ》しいです……」

それでも俺から出た声は思っていたより元気がなかった。兄上も義姉上《あねうえ》もシンシア嬢も、シライヤだって許してくれたが、俺は一生自分を許せないかもしれない。この罪悪感を抱《かか》えたまま長い人生を生きていく気がした。

「そうだな。もう温泉に浸かるという贅沢《ぜいたく》はできぬかと思ったよ」

「……っ」

肩《かた》がすくむ。義姉上やシンシア嬢がいないところで、恨《うら》み言《ごと》の一つや二つはぶつけられるのかもしれない。そのくらい当たり前として受け止めなければ。俺は酷《ひど》い間違《まちが》いを犯《おか》したのだから。

「国を追われるとなったなら、エステリーゼはともに来てくれると言ったが、彼女にも貧しい生活を強《し》いることになっただろうな」

「は、はい。義姉上にも本当にご迷惑《めいわく》を……」

「だがエステリーゼがいれば、どんなに貧しくとも日々の生活は輝《かがや》いていただろう！」

「……は」

思っていたのと話の流れが違う。

「どのような生活であっただろうな。畑を耕し木の実を取り、私は獣《けもの》の力を使えば身一つで獲物《えもの》を捕《と》れたかもしれん。人の目を避《さ》け静かな森の中で、エステリーゼと二人きり……。毎日夕日を眺《なが》め身を寄せ合う……。素晴《すば》らしい……」

義姉上のことをのろける時だけは、兄上は少しだらしない顔をする。

うっとりと妄想《もうそう》を語る兄上に自然と目が細くなりながら視線を向けていると、横からシライヤも口を出してきた。

「翼のことが知られたら、俺達は迷わず国を出ますので領地のことはよろしくお願いいたします。シンシアが国を出るならお義父《とう》さんとお義母《かあ》さんも一緒《いっしょ》に来てくれるはずです。ルドラン子爵家《ししゃくけ》は旅慣れているので、俺は彼らに色々なことを教わりながら旅商人になるのでしょう。荷馬車で色々な国を見て回りながら四人で辛《つら》さも楽しさも分かち合って、きっと賑《にぎ》やかで幸福な旅になります」

シライヤもシンシア嬢のことを話している時は、純情な乙女《おとめ》のような顔で微笑《ほほえ》む。

俺は間違いを犯したから……、こんな風に思ってはいけないのだが……。

解《わか》っているのだが……。

心配して損したと、どうしてもそんな考えが脳裏《のうり》をよぎる。

「……二人とも、婚約者《こんやくしゃ》がいれば平気そうですね」

「エステリーゼさえいてくれたら」

「シンシアさえいてくれるなら」

「……」

俺だけ独り身であるのが今更《いまさら》になって身に染《し》みる。婚約者選びのこと、もっと真剣《しんけん》に考え始めた方がいいだろうか。

しかし今はまだ、あの赤い髪《かみ》を忘れられそうにない。

「今になって思うと、シンシア嬢のことでシライヤに挑戦《ちょうせん》するような態度を取ったのは無謀《むぼう》だったな。シンシア嬢はシライヤのことしか見ていないし、シライヤは……シンシア嬢のためなら崖《がけ》も飛べてしまう。なんて言えばいいのか、尋常《じんじょう》じゃない愛し方……だよな」

上手《うま》い言葉がみつからないなと思いながら言うと、兄上が「それなら」と続けた。

「ヤンデレと呼べばいい」

「ヤンデレ？　聞いたことのない言葉ですが」

「遠い国の言葉で、愛情深い人という意味だそうだ。なぁ、シライヤ」

「はい。シンシアが教えてくれた言葉です」

「そうか……、ヤンデレ……な」

シンシア嬢は本当に博識だ。兄上はかなり多くの国の言葉を知っているはずなのに、その兄上でも知らない言葉を知っているなんて。

「シンシア嬢は俺なんかにはとても手が届かない女性だな。シライヤは俺を警戒《けいかい》しているなどと言ったけど、どう考えても俺に見込みはないだろ」

自嘲《じちょう》しながら言った。俺が大人になったくらいでシンシア嬢が振《ふ》り向《む》いてくれるとは思えない。シライヤくらいなんでもできるヤンデレじゃないと、彼女の心を射止めるなんて無理な話だ。

「そうでもありません。少なくとも、シンシアの前の婚約者にはまったく警戒する要素がありませんでした」

「婚約解消になったというのは聞いているんだが。どんなやつだったんだ？」

「愚《おろ》かな男です。今まで見たことのないほど凶悪《きょうあく》な顔をしている。

シライヤが今まで見たことのないほど凶悪な顔をしている。シンシア嬢以外には淡泊《たんぱく》そうなこの男にここまで憎《にく》まれるとは、それはとんでもない男だったのだろうな。

「シンシアからの愛を束縛《そくばく》と呼び、シンシアに甘やかされる生活を奴隷《どれい》と呼び、お義父さんとお義母さんに援助《えんじょ》していただくことを脅《おど》しと呼ぶ男だった。俺はあれほど腹立たしい男に出会ったことが未《いま》だありません……っ」

「なんだと⁉　シンシア嬢から愛される機会を得ておきながら、束縛だの奴隷だの脅しだのと言ったのか⁉」

信じられない！　とてつもない幸運を得ておきながら、そんなくだらない言い分をのたまう男が存在するのか⁉

「はい。あの男はそんな腹立たしいことを言っておきながら、まだシンシアの婚約者でいられると信じていました。俺はあの男が理解できない」

「当たり前だ！　そんな男！　理解する必要ないぞ、シライヤ！」

頭を抱え始めたシライヤに慌《あわ》てて声をかけた。本当にとんでもない男だった。そんな男のために悩《なや》むなんて時間の無駄遣《むだづか》いだ。

「聞いていたら俺も腹が立ってきた！　そんな男が一時でもシンシア嬢の婚約者という立場を手に入れていたなんて納得《なっとく》できん！　シライヤ！　二度とそんな男をシンシア嬢に近づけるんじゃないぞ！」

　ザバリと派手に水音をさせて、怒りのままに立ち上がる。

「言われずとも、シンシアの隣《となり》に二度と他の男を立たせるような真似《まね》はいたしません！　特にあんな男は絶対にだ！」

　シライヤも同じように立ち上がり、俺達はなぜかそうするのが自然なようにガッシリと手を握《にぎ》り合った。

　シンシア嬢のことでいがみ合ってしまったが、俺達はこんなに気が合う仲だったのか。

　全身の肌《はだ》に外の風を感じながらシライヤとの友情を確かめていると、我関せずと目を閉じた兄上が呟《つぶや》いた。

「……いい湯だ」

番外編　おとうさんとお出かけ（シライヤ視点）

アデルバード殿下《でんか》達が帰り、数日間はシンシアと二人きりの宿を楽しんだ。外へ出られず宿の従業員とも会えないシンシアのために食事を運び、着替《きが》えを運び、髪《かみ》を梳《と》かし、布《ふ》団《とん》のカバーを取《と》り替《か》える。布団カバーは自分でやるからと言われたが、楽しいからやらせてくれと言ってやっている。

シンシアが俺とだけしか顔を合わせず会話しない日々は、活発で社交的な彼女を可哀想《かわいそう》に思いつつも不思議な満足感があって楽しかった。

そのことを素直《すなお》に彼女へ話すと「ヤンデレの片鱗《へんりん》が……軌道《きどう》修正しないと……」と真剣《しんけん》な顔で呟《つぶや》いていた。

なんのことか解《わか》らないが、とにかく楽しい。シンシアと二人きりの旅行は良いものだ。

彼女をたっぷりと独《ひと》り占《じ》めして満たされた頃《ころ》、お義父《とう》さんとお義母《かあ》さんが宿へ到着《とうちゃく》した。

「二人とも大変だったね、よく頑張《がんば》った。怪我《けが》はないと聞いているけれど、怖《こわ》かったろう」

「せっかくの旅行だったのに残念だったわね。私達がもう少し早く来られたら良かったのだけれど」

お二人が到着され、シンシアの翼《つばさ》に驚《おどろ》きつつも事情を把握《はあく》したのち彼女を優《やさ》しく抱《だ》きしめ、そのあとに俺も抱きしめられた。シンシアと変わらない愛情を注がれることに、未《いま》だに驚くばかりだ。

ちなみに呪《のろ》いの本のことは、シンシアへ呪いが移ったことでお義母さんにも事情を話す許可をアデルバード殿下からいただいている。

「来てくださって嬉《うれ》しいです。お父様、お母様」

「祭りの開催《かいさい》お疲《つか》れ様《さま》でした。後日王城から正式な礼状があるとは思いますが、アデルバード殿下よりルドラン子爵《ししゃく》へ深謝をいただいております」

「そうか、お役に立てたなら良いのだが」

そう言ったお義父さんは微笑《ほほえ》んでいるが、少し顔色が悪いような。

「お義父さん、本当にお疲れなのではありませんか。少しお休みになった方が」

声をかけるとお義母さんが困ったように頰《ほお》へ手を置いて続けた。

「そうなのよ。この人は祭りの開催のために眠《ねむ》れない日が続いたりしてね、馬車での移動でも熟睡《じゅくすい》はできなかったし、そろそろ休んで貰《もら》わないと」

「まぁお父様、すぐにお休みください。倒《たお》れては大変です」

お義父さんはスクエア型の眼鏡を外して、なん度か眉間《みけん》を指で揉《も》んでからかけ直す。

「そうだね、ここに来て私が倒れたのでは皆《みな》に悪いし、少し休もうかな」

「俺が部屋まで付き添《つ そ》います。お義母さんはシンシアについていてあげてください」

「ええ、そうさせて貰うわね。よろしくね、シライヤ」

「ありがとうございます、シライヤ」

「お任せください」

シンシアとお義母さんに任され、お義父さんを部屋まで案内する。この宿では押し入れと呼ばれる収納場所から布団を取り出して敷《し》く必要があるため、従業員を呼ぶ時間を惜《お》しんで俺が用意を整えさせて貰った。

「すまないね、シライヤ。少しだけ横になるよ。夕食は皆で食べたいな」

「では、夕食前にお声がけします」

「頼《たの》むよ、ありがとう」

そう言ってシャツとスラックス姿になったお義父さんは布団に潜《もぐ》り込むと、眼鏡を外してすぐ横の畳《たたみ》の上に置いた。

お義父さんの睡眠《すいみん》を邪魔《じゃま》しないよう部屋を出ようとした時、すぐにお義父さんが起き上がってしまった。

「どうかしましたか？　飲み物なら座卓《ざたく》の上に……」

「独り寝が久しぶりすぎて寂《さび》しくてね。妻の絵姿を持ってきているから、隣《となり》に置いてから眠るとしよう」

なるほど、その気持ちはよく解る。俺もシンシアの絵姿を眺《なが》めてからでないと眠れない。

「荷物の中ですか？　俺が取ります」

「いや、そのくらいは自分で」

言いながら立ち上がったお義父さんは一歩畳へ足を踏《ふ》み出《だ》し……パキッと小さな音を立てて畳の上に置いてあった眼鏡を踏み壊《こわ》した。

「しまった……っ」

「お義父さんっ、怪我はありませんか⁉」

「あぁ、怪我は心配ない。しかし眼鏡を壊してしまったか」

お義父さんが持ち上げた眼鏡は、フレームが鼻当ての所でパッキリ割れてしまっている。

「予備の眼鏡はあるんだけれどね。これは勿体《もったい》なかったな」

ぼやくように言いながら少し離《はな》れた所に置いてあった荷物を探《さぐ》り、眼鏡ケースを取り出す。ルドラン子爵の財力ならば眼鏡が一つ壊れたくらい大したことはないだろうが、お義父さんは非常に残念そうに言う。物持ちがいいのだろうなと考えていると、眼鏡を取り出したお義父さんは更《さら》に残念そうな声を出した。

「あぁ、しまった！　こっちの眼鏡だったか！」

予備として取り出した眼鏡は、ラウンド型の眼鏡。

「……何か問題でも？」

「スクエア型でなければならないんだ……っ！」

「それはまた……どうして」

俺は眼鏡をかけたことがないから、形で何が変わるのかよく解らない。見え方が違《ちが》うのだろうか？

「あれは妻とお互《たが》いの好きなところを百個言い合っていた時だ」

何か始まった。

お義父さんはとりあえずと丸眼鏡をかけながら、熱弁を続ける。

「妻の好きなところなんて百個以上思いつくから少ないくらいだったが、妻も私の好きなところを迷わず挙げてくれてね。愛する彼女に永遠に好かれているためにも、挙げてくれた好きなところをこれからも維持《いじ》していこうと思った」

それはいい案だ。今度シンシアともやろう。

「その中の一つにあったんだ……。四角い眼鏡をかけるあなたは格好いい、と」

「……！」

ハッと息を呑《の》む。お義父さんの焦燥《しょうそう》が伝わるようで、拳《こぶし》を強く握《にぎ》りしめた。

もし俺が眼鏡をかけていて、シンシアが「四角い眼鏡をかけるシライヤが好き」と言ってくれたのに、丸い眼鏡しか持っていなかったら……っ！

「お、お義父さん……っ！」

「シライヤ……っ！　一緒《いっしょ》に来てくれるか？」

「もちろんです！　行きましょう！」


スクエア型の眼鏡を探しに！


「案外見つからないものですね」

「スクエア型の眼鏡はごく最近になって発案されたものだからねぇ。ラウンド型に比べると少ないんだ。特に今は祭りの最中だから、その他の日用品の種類が少ないようだね」

相談をしながら歩く俺達は、動物の仮装祭りが開かれている市場へ来ている。ルドラン子爵領で一番の活気を誇《ほこ》る場所で、店舗《てんぽ》型の店も多く建ち並ぶ。裕福《ゆうふく》な観光客へ向けて商品を並べているため眼鏡のような高級品も置いてある。だが、あるのはラウンド型の眼鏡ばかりだ。

「それはそれとして、犬耳が可愛《かわい》らしくよく似合っているね、シライヤ」

「ありがとうございます。シンシアに選んで貰った仮装なんです。お義父さんも赤い鶏冠《けいかん》が髪に似合っていますよ。ルドラン一族の赤い髪は鮮《あざ》やかで綺麗《きれい》ですね」

俺の顔がルドラン子爵領の人達に知られているとは思えないが、お義父さんの顔は誰《だれ》もが知っているだろう。眼鏡をたった一つ買うだけでもあるし、混乱を避《さ》けるためにも仮面と仮装で変装した状態で市場をまわっている。

お義父さんが領主だと知られたら、気を遣《つか》われたり、仕事の話をされたり、眼鏡一つだけの購入《こうにゅう》では悪いような空気になってしまい他にも商品を見なければいけなくなるためだ。

俺はシンシアが選んでくれた犬、お義父さんはシンシアがしていた天使……、ではなく鶏《にわとり》の仮装姿だ。

「ルドランの一族には赤い髪を持つ者が多く生まれるんだけどね、赤が鮮やかなほど愛情深い人間になると言われているんだ。迷信《めいしん》だけどね、親戚《しんせき》の顔ぶれを考えると案外馬鹿にならない説だと思っているよ」

「ヤンデレですね」

「ヤンデレ？　何かな、それは」

シンシアが知っている言葉なら、お義父さんも知っているのかと思った。遠い国の言葉だと言うし、ルドラン子爵家で国外に行った時にでも学んできたのかと。

「遠い国の言葉で愛情深い人という意味だそうです。シンシアが教えてくれました」

「そうか、知らなかったな。シンシアも色々なことを学んでいるんだな」

娘《むすめ》の成長を喜び微笑むお義父さんを見ていると、俺も自然と頬が緩《ゆる》む。いつか俺も父親になる時がくるが、お義父さんのような父親になりたい。

シンシア達と出会う前は愛情深い家族の形が解らなかったが、今なら半分くらいは解った気がしている。このままの俺ならきっと幸福な家族を作れる気がした。

「はっ……！　あれは！」

突然《とつぜん》お義父さんが声を上げた。

「スクエア型眼鏡ですか⁉」

とうとう見つけたのかと思い俺も視線を向けたが、そこにあるのは女性物を売る露店《ろてん》だった。

「あの可憐《かれん》なブローチ！　妻に似合うと思わんかね！」

「ブローチですか……。確かに、お義母さんによく似合うと思います」

花の形をしたシンプルで可愛いブローチ。お義父さんの言うとおりお義母さんによく似合うだろうが、眼鏡探しはどうしたのだろう。

お義父さんは真っ直《まっす》ぐ露店へ向かい、用意していた現金で支払《しはら》いをすませた。身分を隠《かく》して買い物に出ているので支払いも自ら行う。

「これをつけた妻はとても美しいだろうな。喜んでくれるといいが」

喜んでくれるはずだ。お義母さんはお義父さんを愛しているのだから。

本来の目的も忘れて満足そうに笑うお義父さんから目的もなく商品へ視線を向けた時、可愛いレースがついたリボンが目に入る。

「これは……、シンシアに似合いそうです」

「あぁ、本当だね！　シンシアによく似合うよ！」

自然と俺も用意していた現金を取り出した。気がつけば買い物袋《ぶくろ》が一つ手に握られている。

「シライヤ！　あの店も見よう！」

「はい！　お義父さん！」


俺達は何をしにここへ来たのだったか。

両手に山のような荷物を抱《かか》え身動きが取りづらい。

「シライヤ……、私はもう現金が残り少ない……」

「俺もです……、お義父さん」

　このままでは眼鏡を買う現金がなくなってしまう。ようやく我に返った俺達は荷物を馬車へ置きに行く。

「今度はよそ見をしないで眼鏡を探しましょう」

「そうだね……、ついね……」

「はい……、つい……」

　二人で反省をしながら御者《ぎょしゃ》に荷物を渡《わた》すと、お義父さんに何かを差し出された。

「シライヤ、これは愛する息子《むすこ》に」

「俺に……」

　いつの間に買ったのだろう。小さな箱を受け取り中を確認《かくにん》すると、そこには純銀のカフスボタンが入っていた。

「似合うと思ったんだ。受け取っておくれ」

「お義父さん……っ！　ありがとうございます、大切にします」

　シンシアのように溢《あふ》れる愛を注いでくれる人。いや、お義父さんとお義母さんに愛されて育ったからこそ、シンシアはあんなに愛情深いんだ。

「俺もお義父さんに贈《おく》り物《もの》がしたいです」

「そうか、楽しみにしているよ」

　微笑みを向け合って、そのあと「でも」とお義父さんが続ける。

「今日は止めておこう……」

「はい……」

荷物でいっぱいになった馬車を眺めて、再び俺達は反省をした。

✦ ✦ ✦

「見つかりませんね。路地裏の方まで来てしまったようですから、一度戻《もど》りましょう」

「そうだね。この調子では、今日中には見つからないかもしれ……」

その瞬間《しゅんかん》、けたたましい馬のいななきと喧噪《けんそう》が響《ひび》いた。

「泥棒《どろぼう》だぁ！　誰かあいつを捕《つか》まえてくれ！」

声のした方を見るとふくよかな商人が荷馬車の隣で転がっており、離れたところでは荷《に》袋《ぶくろ》を担《かつ》いだ男が駆《か》けている。

「お義父さん、危険ですから離れましょう。すぐに騎士《きし》を呼んで……」

お義父さんを護《まも》らなくてはと表通りへ誘導《ゆうどう》しようとした時、お義父さんは突然駆け出し商人の馬を手早く荷馬車から放した。

「借りるよ」

にこやかに言ったお義父さんは、荷馬車用の長すぎる手綱《たづな》をたぐりよせて短くし颯爽《さっそう》と鞍《くら》のない馬に跨《また》がって駆け出した。

荷馬車用の馬では乗馬に慣れていないのではと不安になったが、お義父さんは振《ふ》り落《お》とされることなくあっという間に逃走《とうそう》中の男へ辿《たど》り着《つ》き、馬に合図をして高く飛越《ひえつ》した。

「うわああ⁉」

男の悲鳴が響き、お義父さんと馬は一瞬《いっしゅん》で男の進行方向を塞《ふさ》ぐように降り立った。男は驚いて腰《こし》を抜《ぬ》かしその場に転がったが慌《あわ》てて立ち上がり更に逃走を試みようとする。お義父さんは先ほどたぐりよせた長い手綱を解くと男へ向かって投げつけ器用に男を縛《しば》り上《あ》げた。身動きできなくなった男はその場に転がる。

「観念しておくれ」

穏《おだ》やかな声で静かに言うお義父さんに、男は悔《くや》し紛《まぎ》れに叫《さけ》ぶ。

「なんなんだよ！　急に現れて！　お前は何者だ！」

「えっ……、私は……」

正直に答える訳にもいかないだろう。そもそも泥棒の問いかけに答える必要はないというのに、お義父さんは真面目な様子で一瞬考えてから言葉を口にする。

「ヒーロー鶏お父さんだ！」

何かの舞台《ぶたい》か小説のように名乗りを上げるお義父さん。俺は男が唖然《あぜん》としている間に、商人の荷物から縄を取り出してしっかりと縛り直した。

「ありがとうございます！　ヒーロー鶏お父さん！」

　商人は大喜びでお義父さんに礼を言う。

　泥棒は近くを歩いていた自警団に預けたので、すぐに騎士が駆けつけるだろう。騎士が来てしまったら正体を明かさねばならないと思うがどうするのだろう。

　正体を明かしたところで、良いことをしたのだから構わないとは思うが……。

「盗《ぬす》まれた物は本当に大事な物だったんです。何かお礼の品を差し上げましょう。色々ありますからね！　どれでも選んでください！」

　言いながら商人は荷物の中から品物を広げて見せ始める。高価そうな装飾《そうしょく》品を出すあたり、本当に大事な品だったのだろう。

　感謝の気持ちが溢れる商人へ、お義父さんは「相談があるのだが……」と切り出した。

「なんです？　なんでも言ってください」

「貴方《あなた》の眼鏡はスクエア型で、とても素晴《すば》らしい。もし予備の眼鏡を持っているなら、スクエア型の眼鏡を貰えないかな？」

　ハッと息を呑んで、商人を見る。確かに彼はスクエア型の眼鏡をかけている。まさか、泥棒を捕まえたのは眼鏡が目的で……。

「それはもちろん構わないですが、わしの使い古ししかありませんぞ？」

「構わない！　そのフレームがどうしても欲《ほ》しいんだ！」

そうして商人からスクエア型眼鏡を貰い受けたお義父さんは、騎士が駆けつける前に俺とともにその場を離れた。

「いきなりでしたから驚きました。馬が乗馬に慣れていて良かったです。お義父さんが怪我をしてしまうかと心配でした……」

馬車へ戻る道中、不安だった気持ちを吐露《とろ》する。大切なお義父さんに怪我をして欲しくない。

「すまない、心配してくれたんだね」

背を撫《な》でられ少しだけ気持ちが落ち着いた。

シンシアのお父さんで、俺のお義父さん。大切にしたい。シンシア以外の人間に心からそう思えるのが不思議だった。シンシアと二人きりの生活は楽しいが、やはり家族みんなで一緒にいたい。

塗《ぬ》り替えられていくような心が心地《ここち》よかった。

「実はあの商人は顔見知りでね。今日は仮装しているから気づかれなかったようだが、彼の馬が乗馬に慣れていることも知っていたんだよ」

「そうでしたか、それで……」

仮装していたとしても赤い髪は露出《ろしゅつ》している。目立ちそうな気もしたが、ルドラン子爵領にはルドランの一族が多く在住していると聞いているから、赤い髪も珍《めずら》しくはないか。

「それにしても、スクエア型のフレームを手に入れられて良かったよ」

機嫌《きげん》良く言うお義父さんは仮面とラウンド型眼鏡を外し、貰ったばかりのスクエア型眼鏡をかける。……が、「うっ」と呻《うめ》きを漏《も》らしてすぐに外してしまった。

「レンズの度数までピッタリというのは望み過ぎだよね。さっそくこれに合うレンズを作って貰わなければ」

「レンズを扱《あつか》う店にフレームを預けたら、今日は帰りましょう。早くお休みになってください」

「そうだね、これ以上の無茶はできなそうだ」

荷物がひしめく馬車に乗り、帰りの道中ではお義父さんは疲れ果てたように眠ってしまった。

ずっと限界だっただろうに、愛する妻に少しでも良く見られたいと無茶をして大捕り物《おおとりもの》までしてしまう。

そんなお義父さんを見てますますこんな父親で夫になりたいと願う。目標となる人が近くにいてくれて、俺は本当に幸せ者だ。

「まぁ、あなた。どこへ行っていたの？　休んでちょうだいと言ったでしょう？」

「あぁ、すまない……。どうしても必要な用があってね……」

宿へ戻るとお義母さんが急いで出迎《でむか》えに来た。ばつが悪そうにするお義父さんは、ラウンド型の眼鏡を見られたくないのか、眼鏡を片方の手で押さえながら俯《うつむ》きがちになる。

道中でレンズを頼んではきたが、できあがりにしばらくかかると言われてしまった。それでも王都の屋敷《やしき》へ連絡《れんらく》して送って貰うよりはずっと早く手にできるだろうが。

「顔をどうかしたの？　よく見せて」

隠そうとしたのは逆効果だったようだ。心配するお義母さんに断りきれず、お義父さんは「なんでもないんだよ」と言いながらも顔を上げた。

「怪我はなさそうね。あら、いつもと眼鏡が違うのね」

ギクリと肩《かた》をすくめるお義父さんだが、お義母さんはいつもと変わらず恋《こい》をしているような瞳《ひとみ》を輝《かがや》かせて言った。

「丸い眼鏡をかけるあなたは、とっても可愛くて好きよ」

「丸い眼鏡でも良かったのかい⁉」

「まぁ、なんのこと？　どんな眼鏡でも、あなたがかけているならいいに決まっているでしょう？」

「そうか……。はは……」

驚いたように言うお義父さんだが、すぐにお義母さんを強く抱きしめて「愛しているよ」と囁《ささや》いた。どうして気づかなかったんだろう。お義母さんならそう言うに決まっているのに。お義父さんのことを心から愛しているお義母さんなら、眼鏡の形なんか関係ないのだ。

二人の邪魔をしてはいけないと、俺はそっとその場を離れてシンシアのいる客室へと向かう。

「お父様とお出かけでしたか？」

「あぁ、シンシアにお土産《みやげ》が沢山《たくさん》あるから、あとで一緒に開こう」

「それは嬉しいですね。楽しみです」

微笑みを向けてくれるシンシアの隣に腰を下ろすと、大きな翼が俺を抱き寄せるように包んでくれる。

「お父様と二人きりでお出かけは初めてだったのではありませんか？　どうでした？」

「そういえばそうだったな。凄《すご》く楽しくて……。やっぱり家族っていいなって思ったよ。シンシアと二人きりもいいけれど、早く家族みんなで青空の下へ出かけたいな」

答えると、シンシアはハッとして「いつの間にか軌道修正されてる……！」と呟いた。

「もし俺が眼鏡をかけることになったとして、どんな形の眼鏡ならシンシアに好きだと思って貰えるかな」

「そんなの、どんな形だって好きに決まってるじゃないですか。シライヤであるならどんな眼鏡をかけていたって、どんな姿だって愛していますよ」

「ありがとう……、シンシア。俺もシンシアを愛してるよ」

シンシアの愛情深い言葉を聞いて、俺達もお義父さんやお義母さんのような夫婦《ふうふ》になれる気がした。

幸せな夫婦になれるその時が楽しみだ。

■ご意見、ご感想をお寄せください。
《ファンレターの宛先》
〒102-8177 東京都千代田区富士見 2-13-3
株式会社KADOKAWA ビーズログ文庫編集部
宝 小箱 先生・夏葉じゅん 先生

●お問い合わせ
https://www.kadokawa.co.jp/（「お問い合わせ」へお進みください）
※内容によっては、お答えできない場合があります。
※サポートは日本国内のみとさせていただきます。
※Japanese text only

ビーズログ文庫

ヒロインに婚約者《こんやくしゃ》を取《と》られるみたいなので、悪役令息《あくやくれいそく》（ヤンデレキャラ）を狙《ねら》います 2

宝《たから》 小箱《こばこ》

2024年7月15日 初版発行

発行者　山下直久
発行　株式会社 KADOKAWA
〒102-8177 東京都千代田区富士見 2-13-3
（ナビダイヤル） 0570-002-301
デザイン　島田絵里子
印刷所　ＴＯＰＰＡＮクロレ株式会社
製本所　ＴＯＰＰＡＮクロレ株式会社

ISBN978-4-04-738021-9 C0193

定価はカバーに表示してあります。
◇◇◇